हिन्द पॉकेट बुक्स

सफलता के 12 नियम

उदय शंकर सहाय हिन्दी लेखक और अनुवादक हैं। उन्होंने बंगाली, हिन्दी और अंग्रेजी की उत्कृष्ट पुस्तकों का हिन्दी में सरल एवं प्रभावशाली अनुवाद किया है। व्यक्तित्व विकास से संबंधित भी उनकी कई पुस्तकें प्रकाशित हो चुकी हैं। आपको कई पुरस्कार मिले हैं।

सफलता के 12 नियम

उदय शंकर सहाय

हिन्द पॉकेट बुक्स
पेंगुइन रैंडम हाउस इम्प्रिंट

हिन्द पॉकेट बुक्स

यूएसए | कनाडा | यूके | आयरलैंड | ऑस्ट्रेलिया | सिंगापुर
न्यू ज़ीलैंड | भारत | दक्षिण अफ्रीका | चीन

हिन्द पॉकेट बुक्स, पेंगुइन रैंडम हाउस ग्रुप ऑफ़ कम्पनीज़ का हिस्सा है,
जिसका पता global.penguinrandomhouse.com पर मिलेगा

पेंगुइन रैंडम हाउस इंडिया प्रा. लि.,
चौथी मंज़िल, कैपिटल टावर - 1, एम जी रोड,
गुड़गांव 122 002, हरियाणा, भारत

पेंगुइन
रैंडम हाउस
इंडिया

प्रथम संस्करण हिन्द पॉकेट बुक्स द्वारा 1996 में प्रकाशित
यह संस्करण हिन्द पॉकेट बुक्स में पेंगुइन रैंडम हाउस द्वारा 2022 में प्रकाशित

10 9 8 7 6 5 4 3 2

इस पुस्तक में व्यक्त विचार लेखक के अपने हैं, जिनका यथासंभव तथ्यात्मक
सत्यापन किया गया है, और इस संबंध में प्रकाशक एवं सहयोगी
प्रकाशक किसी भी रूप में उत्तरदायी नहीं हैं।

ISBN 9789353494407

मुद्रकः रेप्रो इंडिया लिमिटेड

www.penguin.co.in

FSC www.fsc.org MIX Paper from responsible sources FSC® C047271

This is a legitimate digitally printed version of the book and therefore might not
have certain extra finishing on the cover.

क्रम

नियम - 1
जीवन एक कला हैं 7

नियम - 2
कर्म ही जीवन है 14

नियम - 3
प्रिय बोलिए : मधुर बोलिए 25

नियम - 4
कठिनाइयों से मत भागिए 37

नियम - 5
मन को संयमित रखिए 42

नियम - 6
बुरे विचारों से बचिए 59

नियम - 7
दूसरों में गुण देखिए 71

नियम - 8

देखना सीखिए 77

नियम - 9

सदा प्रसन्न रहिए 84

नियम - 10

समय का सदुपयोग कीजिए 92

नियम - 11

नियमित कार्यक्रम 96

नियम - 12

धन का सदुपयोग कीजिए 102

जीवन एक कला है

जीवित तो सभी हैं। पर हममें से कितने जीना जानते हैं? जीना एक कला है। कला का अर्थ है, सिद्धान्त पर आधारित होकर, मानवीय श्रम चातुर्य और बुद्धिमत्ता से किसी वस्तु को सुन्दर, मनग्राही तथा अपने उत्पादक कल्पनाओं के अनुरूप साकार रूप देना।

सुन्दरता जीवन की वह मधुरता है जिसकी एक घूंट ही व्यक्ति को सदा के लिए अभिभूत कर देती है। जिसे व्यक्ति ही अपने को उद्घघाटित कर प्राप्त करता है। वह कमल की पंखुड़ियों की कोमलता है, सूर्य की प्रथम किरण की स्निग्धता है, जल प्रपात की चंचलता है और सागर की गंभीरता एवं हिमालय की स्थिरता भी। पर सब कुछ तो व्यक्ति ही है। उसी में सागर की गंभीरता है, हिमालय की स्थिरता है, जल प्रपात की चंचलता है, सूर्य की प्रथम किरण की स्निग्धता और कमल की पंखुड़ियों की कोमलता है। सब कुछ तो उसी में समाहित है। यही सुन्दरता जब जीवन में समाहित हो जाती है, तब वह शिव बन जाती है अर्थात् कल्याणकारी बन जाती है और व्यक्ति की यही कल्याणकारी भावना जब प्रकट होकर मूर्त रूप धारण कर लेती है तब वह सुन्दर बन जाती है। यह वही सत्य है जिसे सहस्त्रों वर्षों से व्यक्ति अपने भीतर ढूंढ़ रहा है। सत्य तो उसी की सत्ता है जो उसका जीवन है अर्थात् सत्य ही शिव है, शिव ही सुन्दर है। यही तो सत्यम् शिवम् सुन्दरम् है, जो व्यक्ति का जीवन ही है।

जब जीने की कला की बात हम करते हैं, तो उसका अर्थ हुआ जीवन की मधुरता, कोमलता, चंचलता, स्थिरता, स्निग्धता आदि, इन्हीं सभी वस्तुओं का एक ऐसा सम्मिश्रण तैयार करना जिससे जीवन से कटुता, वैमनस्यता, ईर्ष्या, द्वेष आदि अवगुणों का नाश हो तथा व्यक्ति सत्य के समीप जा सके।

ऐसे तो जितने भी मनुष्य इस धरती पर जीवित हैं, चलते-फिरते हैं, हंसते-बोलते हैं, वे सभी जी ही रहे हैं, परन्तु अधिकांशतः इसे बोझ की भांति अपने कन्धों पर उठाए चलते हैं। कुछ ही लोग जीते हैं, अधिकांश तो जीवन बिता रहे हैं। जीना और जीवन बिताना दोनों दो वस्तु हैं। आपने आज तक एक भी ऐसा व्यक्ति नहीं देखा होगा जो कभी कुछ गाता न हो, गुनगुनाता न हो, ऐसे तो सभी गुनगुना लेते हैं और गा लेते हैं पर

गाना गाना तो उसी को आता है, जिसके स्वर की मधुरता श्रोताओं को अपनी ओर आकर्षित कर लेती है। जिसके स्वर में जितनी मधुरता है, कोमलता, चंचलता और स्थिरता है वह उतना ही अधिक श्रोताओं को आकर्षित करता है। श्रोताओं के आनन्द में ही गायक की सफलता छिपी है। एक गायक अथवा संगीतज्ञ बनने के लिए कितनी तपस्या करनी पड़ती है। जीवन के कई वर्षों तो इसे समर्पित कर देना पड़ता है। आनन्द, उल्लास और मनोरंजन से दूर रहकर, मित्रों, परिजनों से हटकर, एकान्त में एकाग्रचित्त होकर प्रतिदिन कितने घंटे अभ्यास करना पड़ता है। सुर-लय-स्वर का उतार-चढ़ाव जैसे अनेक नियमों के अभ्यास से तपकर ही कोई संगीतज्ञ बन पाता है। किसी सांस्कृतिक समारोह में अथवा रेडियो या दूरदर्शन पर जब कभी किसी अच्छे गायक अथवा संगीतज्ञ का कार्यक्रम होता है तो श्रोता और दर्शक मधुर स्वर लहरी में अपने को भूल जाते हैं। उनके जीवन की सम्पूर्ण कटुता और कड़वाहट कुछ क्षणों के लिए लुप्त हो जाती है। सुख-आनन्द और हर्ष में व्यक्ति विभोर हो जाता है। गायक अथवा संगीतज्ञ की सभी हृदय से प्रशंसा करते हैं, उसे अच्छा कलाकार कहते हैं। श्रोता यह भूल जाते हैं कि आज जो मधुर संगीत अथवा गीत उन्होंने सुना उसके पीछे कितने वर्षों की कठिन तपस्या छिपी है। संगीत, गीत, नृत्य, चित्रकारी आदि अनेक कलाओं में सफल कलाकार बनने के लिए वर्षों तपस्या करनी पड़ती है। इस घोर तपस्या के उपरांत ही कलाकार श्रोताओं को एवं दर्शकों को आनंदित कर पाता है और स्वयं भी गौरवान्वित होता है।

जीना भी एक कला है। यदि ऐसा कहा जाए कि सम्पूर्ण कलाओं से यह कठिन और जटिल है तो इसमें कोई अतिशयोक्ति नहीं होगी। अपने जीवन का बोझ कन्धों पर लिए चल रहे अनेक पुरुष-स्त्री, युवा और वृद्ध लोगों को आपने देखा होगा। वे जीवित हैं, चलती-फिरती लाशों की तरह। करोड़ों की संख्या में, ऐसे लोग जो जीवन को बोझ समझते हैं, धरती पर बोझ बने हुए हैं। मात्र कुछ ही ऐसे व्यक्ति आपको मिलेंगे जिन्होंने जीवन को एक कला समझा और जीने का अभ्यास किया, अपने जीवन को मधुरता से भर लिया, दूसरों के लिए प्रेरणा स्रोत बनें। साधारणतः ऐसे लोगों की तपस्या की ओर किसी का ध्यान नहीं जाता है। उनके जीवन की मधुरता, कोमलता, उसका सुख और आनन्द इन सबों की ओर दूसरों का ध्यान हठात् खिंच जाता है। सभी आकर्षित हो जाते हैं, परन्तु उस व्यक्ति की कठिन तपस्या की ओर कोई ध्यान नहीं देता। कोई उसे भाग्यशाली कहता है, तो कोई चतुर कहता है। कुछ लोग उससे ईर्ष्या भी करने लगते हैं, परन्तु सच्चाई इन सबों से भिन्न है।

जीना एक कला है। जिसने इस कला का अभ्यास किया, श्रम किया और इसमें अपना समय दिया उसी ने तो जीवन को आनन्द विभोर कर लिया। सम्पूर्ण विश्व की

सभी खुशियों से जीवन को अलंकृत किया। उसी ने तो जीवन को समझा, पहचाना और उसका भोग किया। अन्य तो उसे बोझ समझ कर ढोते-ढोते ही मर गए। जब तक व्यक्ति जीवन को कला की दृष्टि से नहीं देखेगा वह सफलता के चरम शिखर पर नहीं पहुंच सकता। सफलता ही तो वह वस्तु है जिसके पीछे आज सारा विश्व दौड़ रहा है।

यह दुर्भाग्य का विषय है कि आज की युवा पीढ़ी जो स्कूल, कॉलेज और विश्वविद्यालयों में अपनी पढ़ाई समाप्त करने के उपरान्त जब व्यावहारिक जगत में पदार्पण करती है तो उसे इस कला के सम्बन्ध में कोई जानकारी नहीं रहती है। जबकि "शिक्षा जीवन की स्थितियों का सामना करने की योग्यता का नाम है" क्योंकि शिक्षा का प्रधान उद्देश्य ज्ञान नहीं कर्म है। तभी तो कहा जाता है 'क्रियावान से विद्वान' अपने अस्तित्व की रक्षा करना ही पहला नैतिक कर्त्तव्य है। परन्तु इसी मूल विषय का आज की स्कूली शिक्षा में अभाव है। विश्वविद्यालयों के पाठ्यक्रम ही ऐसे बनाए गए हैं जिनसे व्यक्ति को व्यावहारिक जीवन में कोई लाभ नहीं मिल पाता है। नौकरी के अतिरिक्त आज के पाठ्यक्रमों से कोई दूसरा लाभ होने की आशा व्यर्थ है। जीवन सबसे महत्त्वपूर्ण वस्तु है। उसके संबंध में व्यक्ति पूर्णतः अनभिज्ञ रह जाता है। जिसे जीने की कला ही नहीं मालूम हो उसके जीवन का बोझ बन जाना तो स्वाभाविक ही है। जीवन को कैसे मधुर बनाया जाय, व्यक्ति कैसे सफल बने, आदि विषयों की जानकारी नहीं रहने का ही यह परिणाम है कि आज के अधिकांश व्यक्ति जीने में असमर्थ होकर किसी तरह जीवन बिता रहे हैं। जिसे इस कला का ज्ञान है, उसके जीवन में सुख ही सुख है, आनन्द, उल्लास और हर्ष के अतिरिक्त कुछ भी नहीं है। इसके विपरीत जो इसके सम्बन्ध में नहीं जानते हैं वे सदा दुःखी, अभावग्रस्त और त्रस्त रहते हैं। आज आत्महत्या के बढ़ते हुए आंकड़े, शिक्षित युवकों-युवतियों में निराशा की भावना, पंथ-भ्रमित होकर उग्रवाद, आतंकवाद जैसी समस्याओं में जाना आदि ये सभी इस बात के द्योतक हैं कि व्यक्ति जीवन के शाश्वत मूल्यों से दूर जा रहा है। उसके भीतर जीवन के प्रति प्रेम के बदले निराशा की उत्पत्ति हो रही है। अन्य कलाओं की भांति इसमें भी प्रयास और अभ्यास की आवश्यकता है। किसी भी बात को जान लेना एक साधारण काम है परन्त उसे जीवन में उतार पाना एक कठिन कार्य है। उसी तरह अपनी व्यर्थ की आदतों से मुक्ति पाना उससे भी कठिन कार्य है। यदि आप जीने की कला के सम्बन्ध में कुछ जानना चाहते हैं तो सर्वप्रथम आपको अपने दृष्टिकोण में परिवर्तन करना होगा। कुछ पुरानी आदतों को छोड़ना और कुछ नए विचारों को पकड़ना, साथ-साथ उसका प्रयास और अभ्यास भी करना होगा। अभ्यास का अर्थ स्थिति के लिए बार-बार प्रयत्न और यह तब तक संभव नहीं है जब तक व्यक्ति को किसी वस्तु में उत्साह न मिले। उत्साह ही वह शक्ति है जो किसी कार्य को बार-बार करने में व्यक्ति को मानसिक और शारीरिक रूप से थकने नहीं देता है। थक

जाना व्यक्ति के मन और शरीर की वह स्थिति है जब वह उस कार्य को पुनः करना नहीं चाहता है। एक व्यक्ति जो किसी वस्तु का अभ्यास कर रहा है उसे इस बात का विशेष ध्यान रखना होगा कि अभ्यास के क्रम में कहीं वह थककर अपना अभ्यास ही न रोक दे। थकावट से बचने के लिए व्यक्ति का उत्साहित रहना अति आवश्यक है। उत्साह तो उसे मात्र अपनी रुचि की वस्तु में ही मिल सकती है। इसका अर्थ हुआ कि यदि आप जीने की कला सीखना चाहते हैं तो पहले उसमें रुचि रखिए। जब आपकी रुचि उस कला की ओर हो जाएगी तब अभ्यास करते समय आप नहीं थकेंगे। अनेक छोटी-मोटी बातों को जिन्हें आप बहुत पहले से जानते हैं, जीवन को सुखमय बनाने के लिए उनका अभ्यास अति आवश्यक है।

अधिकांश व्यक्ति भूल जाते हैं कि देश-काल निमित्त के आधार पर ही जीवन के मूल्य बदलते रहते हैं। तिब्बत में रहने वाले बौद्ध मतावलम्बी भी मांस खाते थे। यदि आप भी भारत की जगह किसी दूसरे देश में जन्म लेते तो शायद आपकी मनोवृत्ति भी वहीं के अनुकूल बन जाती। काल भी हमारे विचारों को अत्यधिक प्रभावित करता है। आज से सहस्त्रों वर्ष पूर्व के बने मूल्य जिन्हें हम जबरदस्ती ढोये जा रहे हैं उनको पुनरावलोकन करने की आवश्यकता है। व्यक्ति का लक्ष्य, देश और काल के अनुरूप बदलता रहता है। बदले हुए परिवेश में अब हमें नए लक्ष्यों की आवश्यकता है और उनके निमित्त ही अपने जीवन को बनाना है। इनके बिना हमारा जीवन समृद्ध नहीं बन पाएगा।

रूढ़िवादिता, अन्धविश्वास में अधिकांश व्यक्ति इस तरह फंसे हुए हैं कि उनका उससे निकल पाना अत्यन्त कठिन है। वे इस चक्रव्यूह से निकलना भी तो नहीं चाहते हैं। पुराने विचारों में आज की परिस्थिति के अनुकूल वे परिवर्तन करने को तैयार नहीं हैं। वे भूल जाते हैं कि प्रत्येक काल में व्यक्ति की सफलता भी काल और परिस्थिति पर निर्भर करती है। एक समय था जब लोग गंगा को पवित्र नदी मानते थे। उसमें स्नान कर पापों से मुक्ति पा लेते थे। मैंने पुस्तकों में पढ़ा है कि गंगा का जल कभी नहीं दूषित होता था। आज भी भारत में सहस्त्रों व्यक्ति गंगा की पूजा करते हैं। उसके जल को पवित्र और मुक्तिदायक समझते हैं, परन्तु सच्चाई क्या है? क्या आज भी गंगा का जल उसी प्रकार पवित्र है, जिस प्रकार पहले था? कदापि नहीं। आज उस जल की जांच की जा चुकी है। कई स्थानों पर वह तो मनुष्य के पीने योग्य भी नहीं है। उसमें लगातार वर्षों स्नान करने वाले व्यक्तियों को भयानक चर्म रोग पकड़ लेते हैं। यही सच्चाई है। व्यक्ति प्राचीन ग्रन्थों से इतना प्रभावित है कि वह आज भी गंगा जल को वैसा ही पवित्र मान रहा है जैसा वह उस समय मानता था, जब भागीरथ ने उसे धरती पर उतारा था। हमारे अनेक विचार जिन्हें हम कल सत्य मानते थे, अब सत्य नहीं रह गए। उनमें देश,

काल और निमित्त के आधार पर परिवर्तन की आवश्यकता है। इसके बिना हम आधुनिक विचारों को ग्रहण नहीं कर पाएंगे। और उन्हीं पुराने विचारों को ढोते चले जाएंगे जो अब अप्रासंगिक तथा अव्यावहारिक बन चुके हैं। आधुनिकता के बिना हम विश्व से पृथक हो जाएंगे। हमारी मानसिकता हमें दौड़ में आगे नहीं बढ़ने देगी। हमारा जीवन उसी प्रकार हो जाएगा जैसे हमारे विचार होंगे। यदि हमारे विचार सहस्त्रों वर्ष प्राचीन होंगे तो इस आधुनिक जगत में हमें सुख कैसे मिल पाएगा? अब तो सुख की परिभाषा ही बदल गई है। हम उसी प्राचीन परिभाषा को ढोते रह जाएंगे। इनसे बचने के लिए आवश्यक है कि व्यक्ति रूढ़िवादिता और अन्धविश्वास के चक्रव्यूह से बाहर निकले। अपने जीवन को सुखमय बनाने के लिए दृष्टिकोण में परिवर्तन करें सुख को समझे तभी तो वह सुखी रहने का प्रयास कर पाएगा। जब जीवन में सुख ही नहीं है तब जीने की कला का महत्त्व क्या है। जीने की कला का अर्थ ही है जीवन की मधुरता, सुख, समृद्धि और ऐश्वर्य।

हमारे प्राचीन दर्शनों में उस काल के श्रेष्ठ जीवन की जो परिभाषा उद्धधृत की गई थी उस परिभाषा में काल और परिस्थिति के अनुरूप जो हमारे नए दार्शनिकों ने परिवर्तन एवं परिवर्द्धन किया उनका विस्तृत प्रचलन हम अपने समाज में आज नहीं कर पा रहे हैं। न हम पहले के रहे, न हम आज के बन सके। गीता के पवित्र उपदेशों को पढ़ा तो बहुत जाता है पर किस सीमा तक व्यक्ति आज उसे अपने जीवन में उतार रहा है? काल बीत गए, परिस्थितियां बदल गईं, शब्दों के अर्थ बदल गए हम भी बदल गए, पर हम बदलने को तैयार नहीं हैं। इस जटिल परिस्थिति में कोई जीवन की सार्थकता कैसे ढूंढ पाएगा जब तक वह अपने को आज के युग में खड़ा कर उन प्राचीन ग्रन्थों का आधुनिक परिवेश में अर्थ न लगाए। अध्यात्म का स्थान विज्ञान लेता जा रहा है। हमारा अध्यात्म विज्ञान में मिश्रित नहीं होने के कारण लुप्त होता जा रहा है। निराशा बढ़ती जा रही है। अब मुक्ति के बदले लोग सुख की खोज कर रहे हैं पर वह भी अधूरे मन से। सुख तो बंधन है, मुक्ति ही स्वाधीनता। आज के व्यक्ति को सुख भी चाहिए और मुक्ति भी। आधुनिकतम विचारों में रहकर भी वह प्राचीन परिस्थितियों में अपने को देखना पंसद करता है। हमारे जीवन के मूल्य जो शताब्दियों से हमारे समाज में प्रचलित थे, नई पीढ़ी द्वारा प्राचीन कहकर ठुकराए जा रहे हैं। आधुनिक बनने के प्रयास में जिन नए मूल्यों को हम अपनाते जा रहे हैं वे न तो पूरब के हैं और न तो पश्चिम के। भय, संस्कार प्रचलन आदि के कारण जहां कुछ छोड़ना कठिन है वहीं पूर्ण ज्ञान और परिस्थिति की पूर्ण जानकारी के बिना कुछ पकड़ना भी दुर्लभ हो गया है। सांप-छछुन्दर की स्थिति में व्यक्ति आ गया है। उसकी रुचि कर्म में भी है और निवृत्ति में भी है। वह निवृत्ति से मुक्ति ढूंढ रहा है। वह भूल गया है कि

कर्म मार्ग निवृत्ति मार्ग से कहीं सरल है। यही मार्ग उसे मुक्ति भी दिला सकता है और आनन्द भी, पर वह इससे भी भागता है, निवृत्ति की ओर। क्षण-क्षण अपने विचारों को बदलता है। परिणाम यह होता है कि वह न तो कर्म मार्ग पर ही बढ़ पाता है और न निवृत्ति पर ही। हमारे आज के नए दार्शनिकों ने जिनमें विवेकानन्द, महात्मा गांधी, विनोबा आदि महान् नाम लिए जा सकते हैं, इन लोगों ने व्यक्ति को नए दृष्टिकोण से जीवन को देखने की आवश्यकता पर बल दिया है। इस कर्म प्रधान युग में कर्म से हटना-भागना ही सम्पूर्ण दुःखों का कारण है।

कर्म में कुशलता की परिभाषा आज वही नहीं है जो सहस्त्रों वर्ष पूर्व थी। सम्पूर्ण विश्व आज एक ताने-बाने में बंध गया है। मात्र कुछ क्षण में आप यहां बैठे-बैठे सहस्त्रों-सहस्त्र मील दूर बैठे व्यक्ति के विचारों से अवगत हो सकते हैं, उसे आप अपनी राय दे सकते हैं या उससे राय प्राप्त कर सकते हैं। आधुनिक वैज्ञानिक सुविधाओं ने विश्व को छोटा कर दिया है। हमारी इन्द्रियों की कार्य-कुशलता पहले से बहुत अधिक बढ़ गई है। हम घर बैठे ही सहस्त्रों मील दूर किसी निर्जन टापू में हो रहे ज्वालामुखी-विस्फोट को अपनी आंखों से देख सकते हैं। सहस्त्रों मील दूर किसी व्यक्ति से बातचीत कर सकते हैं। हो सकता है भविष्य में आप भारत में बैठे-बैठे लन्दन अथवा न्यूयार्क में हो रही फूलों की प्रदर्शनी को देखते समय उनकी सुगन्ध का अनुभव भी प्राप्त कर सकें। उसी प्रकार दूर बनते हुए नए व्यंजनों के स्वाद के अनुभवों को भी प्राप्त कर लेना शायद संभव हो जाए। तात्पर्य यह है कि इन्द्रियों की क्षमता पहले से कई गुना बढ़ गई है और बढ़ती ही जा रही है। अब इस नई परिस्थिति में हमारे अध्यात्म के जो शाश्वत नियम हैं यदि उनमें हम आधुनिकता का सम्मिश्रण नहीं करें तो हम अधिक लाभान्वित नहीं हो पाएंगे। हमारा अध्यात्म भी इस सम्मिश्रण के बिना जीवित नहीं रह पाएगा। और तब इन मृतप्राय मूल्यों को लेकर हम क्या कर पाएंगे? उनके अभ्यास से हमें उतना लाभ नहीं मिल पाएगा जितने लाभ की आशा हम करते हैं।

आज व्यक्ति को जीवन का नया रूप देना चाहिए। नया रूप, नया रंग, नए स्वाद से प्राचीन मूल्यों में आधुनिकता का सम्मिश्रण कर उससे जो हमारे नए मूल्य बनेंगे वही हमें व्यावहारिकता का ज्ञान दे पाएंगे। और उसी ज्ञान से व्यक्ति का व्यक्तित्व उदीयमान होगा। बिना व्यक्तित्व के सफलता कहां और बिना व्यावहारिकता के व्यक्तित्व कहां। ये सभी विषय एक-दूसरे से इतने सम्मिश्रित हैं कि इनको एक-दूसरे से पृथक करना विषय का ही अंत करना होगा। व्यक्ति का व्यक्तित्व, उसके भीतर का व्यावहारिक ज्ञान, उस ज्ञान का अभ्यास ही तो उसे सर्वांगीण सफलता की ओर ले जाएगा। खेद का विषय है कि इन विषयों पर न परिवार में, न स्कूल में, न विश्वविद्यालय में कहीं भी कोई चर्चा नहीं होती है और हमारी युवा पीढ़ी व्यावहारिकता से अनभिज्ञ रहने के कारण अपने

व्यक्तित्व के निर्माण में बहुत पीछे रह जाती है।

इस पुस्तक में आगे व्यावहारिकता तथा मानसिकता से संबंधित कुछ ऐसी बातों का उल्लेख है जिसका प्रयास और अभ्यास करके पाठक अपने जीवन में समृद्धि, ख्याति और प्रतिष्ठा जैसी वस्तु प्राप्त कर जीवन को कलात्मक रूप से सजा सकते हैं, संवार सकते हैं और उसमें निखार ला सकते हैं। फिर जीवन एक बोझ नहीं रहकर एक मधुर और सरस वस्तु बन जाएगी। तभी तो आप अपने जीवन को सुन्दर, मनग्राही और अपनी कल्पनाओं के अनुरूप साकार रूप देकर इसे कलात्मक बना सकते हैं।

कर्म ही जीवन है

सृष्टि को देखिए, इसका कण-कण, अणु-अणु सदा क्रियाशील रहता है। कभी भी कोई कण निष्क्रिय नहीं बन पाता है। यह मात्र चेतन अथवा जड़ वस्तुओं के सम्बन्ध में ही नहीं है अपितु सम्पूर्ण सृष्टि ही सदैव क्रियाशील रहती है। कोई नहीं बैठता है, सभी कार्यशील हैं। सृष्टि के सम्पूर्ण जीवधारियों को मुख्यतः आप दो भागों में विभक्त कर सकते हैं। पहले वर्ग में ऐसे जीवधारी हैं जिन्हें जीवित रहने के लिए स्वतः कोई कार्य करने की आवश्यकता नहीं है। वे स्वाभाविक रूप से ही प्रकृति के सहयोग से अपने भीतर उस ऊर्जा का निर्माण करते रहते हैं जिससे वे जीवित रह पाते हैं। दूसरे वर्ग में ऐसे जीव आते हैं जिन्हें जीवित रहने के लिए जिस ऊर्जा की आवश्यकता पड़ती है उस ऊर्जा के निर्माण हेतु उस जीव को गतिशील तथा क्रियाशील रहना पड़ता है। पहले वर्ग में वृक्ष, पौधे, लता अर्थात् सम्पूर्ण वनस्पति जगत आते हैं। दूसरे वर्ग में मनुष्य, पशु-पक्षी, कीट-पतंग आदि सम्पूर्ण जन्तु वर्ग आ जाएंगे। पहले वर्ग में आने वाले वृक्षों, वनस्पतियों के भीतर ऊर्जा का निर्माण स्वतः प्रकृति के सहयोग से होता रहता है। उनकी जड़ें धरती से और पत्ते वायु और धूप से स्वतः ऊर्जा एकत्र करते रहते हैं, इसके लिए वृक्षों को कोई क्रिया करने की आवश्यकता नहीं होती है। यदि उन्हें स्वतः ऊर्जा नहीं मिले, धरती से खनिज अथवा जल न मिले तो ऐसी स्थिति में उनकी मृत्यु हो सकती है। वे जीते हैं प्रकृति की दया पर और मरते हैं प्रकृति की इच्छा पर। वे चाहकर भी कुछ नहीं कर सकते हैं।

दूसरे वर्ग के जीवों की दशा इस वर्ग से भिन्न होती है। उनके जीवित रहने के लिए जिस ऊर्जा की आवश्यकता है उसका निर्माण बाहर से कुछ सामग्रियों को अपने भीतर देने से होता है। उन सामग्रियों को प्राप्त करने हेतु इन्हें गतिशील एवं क्रियाशील रहना पड़ता है। मनुष्य, पशु-पक्षी आदि जन्तु भोजन अथवा जल के बिना जीवित नहीं रह सकते हैं। भोजन और जल को प्राप्त करने के लिए व्यक्ति को कुछ करना पड़ता है। बिना कुछ किए उन वस्तुओं को वह अपने भीतर ऊर्जा उत्पन्न करने हेतु नहीं एकत्रित कर सकता है और बिना ऊर्जा के वह जी नहीं सकता है। इसका अर्थ

हुआ कि व्यक्ति यदि गतिशील और क्रियाशील नहीं रहे तो उसका जीवित रहना संभव नहीं है।

जीवन के अतिरिक्त व्यक्ति ने आज जो भी प्राप्त किया है–विकास, ज्ञान, विज्ञान, सुख आदि वस्तुओं को, उसने उसी ऊर्जा के बल पर प्राप्त किया है। जिसका निर्माण वह स्वयं अपने शरीर के भीतर करता है। व्यक्ति का क्रियाशील रहना ही जीवन का द्योतक है और निष्क्रिय हो जाना मृत्यु का प्रतीक है। एक जीवित और मृत व्यक्ति में इतना ही तो अंतर है कि जीवित व्यक्ति क्रियाशील रह सकता है और मृत व्यक्ति कुछ नहीं कर सकता। व्यक्ति के इसी क्रिया को कर्म कहते हैं। कर्म व्यक्ति के कर्त्तव्य के अनुरूप होना चाहिए। देश-काल और निमित्त के अनुरूप कर्त्तव्य की परिभाषा में थोड़ा बहुत अन्तर आता रहता है। पर प्रारंभ से आज तक विश्व में कहीं भी किसी उद्देश्य अथवा लक्ष्य से जितने कार्य किए जाते हैं उन सब में प्रधानता तो उसी कर्म की होती है जिस पर व्यक्ति का जीवन आधारित रहता है। जब विकास, ज्ञान, विज्ञान सुख जैसी अन्य वस्तुओं की बात आती है तब निश्चय ही व्यक्ति का जीवित रहना सबसे महत्त्वपूर्ण बन जाता है। हम अपने भोजन के लिए तथा अपने को जीवित रखने के लिए जो कुछ भी करते हैं, उसे जीविकोपार्जन हेतु किया गया कार्य कहते हैं। व्यक्ति का जीविकोपार्जन हेतु किया गया कार्य ही उसका सबसे महत्त्वपूर्ण कार्य है। तदुपरान्त ही उसके अन्य कार्यों का कुछ महत्त्व है। बिना जीवित रहे व्यक्ति कोई दूसरा कार्य नहीं कर सकता है, परन्तु आधुनिक परिवेश में व्यक्ति के मात्र जीवित रहने से ही कुछ विशेष लाभ होने वाला नहीं है। उसे अपने सुख के लिए अन्य ऐसी वस्तुओं की आवश्यकता है जिसे वह कर्म से ही प्राप्त कर सकता है अर्थात् कर्म ही उसे सुखी रखता है। बिना कर्म के वह आज कुछ भी नहीं प्राप्त कर सकता है।

साधारणतः ऐसा लगता है कि सुख ही व्यक्ति का अंतिम ध्येय है परन्तु सूक्ष्मता से अध्ययन करने के उपरान्त आपको स्पष्ट हो जाएगा कि सुख व्यक्ति का अन्तिम ध्येय नहीं है। वह सुख के उपरान्त भी कुछ ढूंढ़ता है, जिसे वह ढूंढ़ता है वही वस्तु है ज्ञान। सुख उसे ज्ञान को ढूंढने में सहयोग देता है। तो सुख उसका ध्येय न होकर ज्ञान उसका ध्येय बन जाता है। जो कुछ ज्ञान उसने अपने भीतर अर्जित किया है, उत्पन्न किया है अथवा प्राप्त किया है उस ज्ञान को अपने से बाहर निकालने के लिए जो मानसिक अथवा भौतिक श्रम व्यक्ति करता है उसी को कर्म कहते हैं। जो भी हमारे बाह्य और अन्तर जगत में होता है उन सभी क्रियाओं का हमारे ऊपर एक चिह्न अंकित हो जाता है। हम ज्ञान से कर्म करते और फिर कर्म से ज्ञान की प्राप्ति करते हैं। ज्ञान और कर्म दोनों ही एक-दूसरे के पूरक हैं, परन्तु कर्म की गाड़ी तो तभी दौड़ सकती है जब उसके भीतर प्रेम रूपी तेल हो। ज्ञान, कर्म और प्रेम जब तक इन तीनों का संयोग नहीं होगा,

व्यक्ति का व्यक्तित्व निखर नहीं पाएगा। उसकी सफलता उससे दूर ही रह जाएगी।

भारतीय दर्शन में कर्म-योग की महत्ता गीता में अत्यधिक दर्शायी गई है। इसे जीवन का एक अनिवार्य पक्ष माना गया है। इस विषय पर थोड़ा सोचने से आपको भी ऐसा लगेगा कि यह सच है। कर्म करने में व्यक्ति को जिस ऊर्जा की आवश्यकता होती है, उसे श्रम कहते हैं। इसीलिए ऐसा कहा जाता है कि बिना श्रम के कुछ भी नहीं प्राप्त किया जा सकता है। यदि सोचें तो यह शत-प्रतिशत सच है कि कुछ भी प्राप्त करने के लिए आपको कुछ कर्म करना होगा अर्थात कुछ कार्य करना होगा। कर्म तो जीवन की अनिवार्यता है। कार्य में श्रम तो लगेगा ही। इसका सीधा अर्थ हुआ श्रम के बिना कुछ भी नहीं मिल सकता है। इसी को दूसरी तरफ़ से सोचें तो कर्म नहीं करने से कुछ भी नहीं प्राप्त किया जा सकता है। कर्म से जहां हम कुछ प्राप्त करते हैं, वहीं श्रम से शक्ति का निर्माण भी होता है।

एक तरफ सम्पूर्ण मानव समुदाय ही सुख और सुविधाओं की खोज में अत्यधिक व्याकुल दिखता है। वह निरन्तर कर्म करने की बात करता है। कर्म ही तो पुरुषार्थ है। पुरुषार्थ की प्राप्ति भी तो कर्म से ही हो सकती है। अर्थ, काम, धर्म और मोक्ष इन्हीं चार श्रेणी में पुरुषार्थ को बांटा गया है। यही लक्ष्य जीवन में प्राचीन काल से आज तक लोग मानते आ रहे हैं। इनकी प्राप्ति बिना कर्म किए नहीं हो सकती है। आप मोक्ष में विश्वास करें अथवा नहीं, धर्म में रुचि रखें अथवा न रखें, परन्तु आज का व्यक्ति अर्थ अथवा काम के बिना सुखी नहीं रह सकता है। मनुष्य के भीतर ही कुछ ऐसे तत्त्व हैं जो उसके कर्म करने में सदा बाधक बन जाते हैं। जिससे ग्रसित होकर व्यक्ति कर्म से ही विचलित हो जाता है। जब वह कर्म ही नहीं कर पाएगा तो फिर सुखी रहने का अथवा कुछ प्राप्त करने का प्रश्न ही कहां उठता है? निद्रा, आलस्य, प्रमाद, गप्प, संशय आदि वस्तुओं से प्रभावित होकर अधिकतर लोग अपने कर्म-पथ से ही हट जाते हैं। इन व्याधियों से पीड़ित व्यक्ति नाना प्रकार के बहाने बनाकर अपने को कर्म से अलग कर लेते हैं। अपनी सुविधानुसार अनेक ऐसे तर्क बना लेते हैं जिनसे वे इस बात की पुष्टि करने का प्रयास करते हैं कि उन्होंने जो किया वह उचित किया। पर इन सब बातों से व्यक्ति धीरे-धीरे प्रकृति से विपरीत होता जाता है। प्रकृति में आलस्य जैसी वस्तुओं का कोई स्थान नहीं है, निद्रा आवश्यक है पर जब वह आवश्यकता से अधिक बढ़ जाती है तो विनाश का कारण बन जाती है। प्रमाद, गप्प और संशय जैसी वस्तु भी व्यक्ति को उसके कर्म की प्रकृति से पृथक करती है। समाज का एक बहुत बड़ा भाग आज कर्म की दिशा से भ्रमित हो चुका है। व्यक्ति कर्म से इतना भाग रहा है कि वह उसे एक अभिशाप समझने लगा है। पथ भ्रमित व्यक्ति उसे ही भाग्यवान समझने लगे हैं जो कम-से-कम काम करता है, आराम अधिक करता है और आलस्य में जीवन बिताता है। भारतीय

परिवार में यह एक साधारण प्रवृत्ति है कि जब किसी को अपनी पुत्री के विवाह के संबंध में निर्णय लेना होता है तो वह बड़े अभिमान से अपने मित्रों के बीच बताता है कि यदि उसकी पुत्री का विवाह अमुक परिवार में हो जाए तो वह बड़े सुख से रहेगी। उसे वहां कोई कार्य नहीं करना पड़ेगा। कार्य नहीं करना एक गर्व की बात मानी जाती है, इसके विपरीत कार्य करना अभिशाप माना जाने लगा है। व्यक्ति, समाज, राष्ट्र सभी का उत्थान इस मिथ्या विचार से प्रभावित हो रहा है। यह आज अनेक समस्याओं का कारण बन गया है। कार्य नहीं करने की प्रवृत्ति व्यक्ति को नाश के गर्त में गिरा रही है। इससे बचना आज सबसे बड़ा महत्त्वपूर्ण कार्य है। किसी कार्य को करते समय कुछ लोग ऐसा सोचते हैं कि कोई ऐसी युक्ति निकाली जाए, जिससे बिना इस कार्य के किए ही उनका काम चल जाए। यही प्रवृति धीरे-धीरे मनुष्य के मन में आदत का रूप ले लेती है फिर कार्य से कतराने की आदत उस व्यक्ति को पकड़ लेती है। आप सच मानिए यही आदत व्यक्ति की प्रगति के पथ में बहुत बड़ी बाधक है, शायद ही कोई दूसरी वस्तु इससे अधिक हानिकारक हो। यह आदत पीछे जाकर एक नशे का रूप ले लेती है जो हिरोइन और स्मैक से भी ख़तरनाक है। माता-पिता, गुरुजनों और अभिभावकों का आज यह कर्त्तव्य हो जाता है कि बाल्यकाल से ही बालक-बालिकाओं में बैठी इस मिथ्या धारणा को उनके मन से बाहर निकाल दें और प्रयास करें कि आनेवाली पीढ़ी प्रारंभ से ही ऐसा न सोचे कि कार्य करना अभिशाप है और श्रम करना व्यक्ति का दुर्भाग्य है। कार्य करना ही जीवन से प्रेम करना है और कार्य नहीं करना जीवन की सच्चाई और प्रेम से दूर जाना है। अपने सपनों को साकार करने के लिए, इच्छाओं की पूर्ति के लिए, उन्नति, ख्याति, प्रतिष्ठा और समृद्धि के लिए व्यक्ति को कार्य करना ही पड़ेगा।

साधारणतः रुचि एवं स्वार्थ से प्रेरित होकर ही व्यक्ति कोई कार्य करता है, परन्तु धीरे-धीरे एक ऐसी स्थिति आती है, जब उसे उस कार्य से प्रेम हो जाता है, तब उसका प्रेम उसके स्वार्थ को आच्छादित कर देता है। स्वार्थ छिप जाता है और धीरे-धीरे लुप्त हो जाता है। इस स्थिति में व्यक्ति प्रेम से वशीभूत होकर कार्य करने लगता है। अब उसके कार्यों में लेशमात्र भी स्वार्थ नहीं रह जाता अपितु प्रेम ही प्रेम दृष्टिगोचर होता है। वह स्वयं ही कार्य में प्रेममय हो जाता है यही उत्कृष्टता की वह चरम स्थिति है, जहां प्रेम और कर्म मिलकर एक हो जाते हैं। उन्हें एक दूसरे से पृथक करना असंभव हो जाता है। सफल व्यक्ति इसी स्थिति को प्राप्त करते हैं। जब व्यक्ति कर्म की महत्ता को समझता है तब वह उससे प्रेम करने लगता है। प्रेम असीम, उन्नत और निराकार है पर जब उसे व्यक्ति देखना चाहता है, उसे सूक्ष्म से स्थूल बनाना चाहता है, उसे सीमाओं में बांधना चाहता है तब तो उसे कर्म से प्रेम करना ही पड़ेगा। जब वह कर्म से प्रेम करेगा, प्रेम से प्रभावित होकर कार्य करेगा, तब उसके कार्यों में प्रेम साकार

होकर प्रदर्शित हो जाएगा। कर्म द्वारा ही प्रेम साकार रूप ग्रहण करता है तभी उसकी कल्पना साकार हो उठती है। उसका सूक्ष्म प्रेम स्थूल बन जाता है। पर यह सब तो मात्र तभी संभव है जब वह कार्य करें और कार्य से प्रेम करे। समझें, देखें और जानें कि प्रेम को कार्य में कैसे सम्मिश्रित किया जा सकता है। एक मूर्तिकार की उत्कृष्ट कलाकृति तो वही है जिसके बनाने में उसने श्रम के साथ-साथ अपनी कला के प्रति प्रेम का भी उपयोग किया है। श्रम जहां उसकी कृतियों में सुन्दरता लाती है, प्रेम उसमें प्राण फूंक देता है। दर्शक मंत्रमुग्ध हो जाते हैं। उनके अनायास बढ़ते हुए कदम रुक जाते हैं। दृष्टि उस मूर्ति पर स्थिर हो जाती है, लगता है एक-दूसरे से बात कर रहे हैं। जब कार्य के पीछे से प्रेम सजीव होकर झांकता है तभी तो उत्कृष्टता और सफलता मिलती है। जो जीवित हैं अथवा जीवित रहना चाहते हैं उन्हें कार्य तो करना ही होगा। इसे अभिशाप समझकर करें अथवा वरदान। अभिशाप और बोझ समझकर किए गये कार्यों में उत्कृष्टता कहां आ पाती है? न कार्य करने वाला सन्तुष्ट हो पाता है और न उससे लाभान्वित होने वाले ही। कार्य कुछ भी हो, खेती, पशुपालन, गृह-निर्माण, चित्रकारी, मूर्तिकला, संगीत आदि। अन्तर तो साफ दृष्टिगोचर होता है, एक साधारण व्यक्ति दो मूर्तियों को देखकर दो वस्त्रों को देखकर उनमें से उत्कृष्ट और साधारण को सरलता से पृथक कर सकता है।

जितना अधिक महत्त्व कर्म का है उससे कम महत्त्व ज्ञान का नहीं है। और जितना महत्त्व ज्ञान का है उससे कम महत्त्व प्रेम का नहीं है। ज्ञान, कर्म और प्रेम ये सभी मिलकर ही व्यक्ति को सफल बनाते हैं। इन्हीं पर आपकी सफलता निर्भर है। आइए इसे विस्तारपूर्वक देखें। यदि एक संगीतज्ञ अथवा गायक जिसे संगीत विद्या अथवा उस कला के संबंध में कुछ ज्ञान ही न हो, अनवरत और अविराम अभ्यास करें, वह अपनी कला से प्रेम भी करे फिर भी ज्ञान के अभाव में उत्कृष्टता नहीं मिल पाएगी। यदि दूसरा संगीतज्ञ अथवा गायक अपनी कला के संबंध में अत्यधिक ज्ञान प्राप्त कर चुका हो, वह कर्म भी करता हो अर्थात् गायन और वादन का अभ्यास भी करता हो, परन्तु जब तक उसमें अपनी कला के प्रति प्रेम नहीं उत्पन्न होगा उसके कार्य में उत्कृष्टता नहीं आ सकती है। प्रेम और ज्ञान रहने के उपरान्त भी यदि कोई कर्म में रुचि न ले तो उसे सफलता कैसे मिलेगी? तात्पर्य यह हुआ कि ज्ञान, कर्म और प्रेम उसी प्रकार मिलकर उत्कृष्टता उत्पन्न करते हैं जैसे मिठाई में मिठास उसका वजन और आकार, ये तीनों मिलकर ही मिठाई का रूप ग्रहण करते हैं। इन तीनों के मिलने के बाद ही अस्तित्व होता है।

यदि बाल्यकाल से लड़के-लड़कियों को कर्म की महत्ता समझायी जाए, श्रम से मुंह चुराने को एक बुरी वस्तु बताई जाए, उन्हें श्रम करने को प्रोत्साहित किया जाए तो

निश्चय ही उनके भीतर कार्य करने की संस्कृति उत्पन्न होगी। यह इतना आवश्यक है कि इससे आवश्यक कोई दूसरी वस्तु नहीं है। जिसने अपने जीवन में प्रेम से कर्म करना अथवा प्रेम से कार्य करना सीख लिया वह तो स्वतः ही उत्कृष्टता एवं सफलता के निकट आ गया, उसने अभिशाप को वरदान बना लिया। जीवन को एक नई दिशा देकर जीवन में सुख ही सुख भर दिया। इसके विपरीत जिसने ऐसा नहीं किया वह जीवन के साधारण नियमों के विपरीत दिशा में चला गया।

कर्म तो सभी करते हैं। एक दास भी और स्वामी भी। दास जहां कर्म को बोझ समझकर करता है वहीं स्वामी इसे आनन्द से करता है। ज्ञान तो दास के पास भी है और स्वामी के पास भी है। पर इन दोनों के कार्यों में अन्तर आप बड़ी सरलता से देख सकते हैं, एक नौकरानी जब किसी शिशु को खेलाती है और उसी शिशु को उसकी मां खेलाती है, तो दोनों के हाव-भाव आनन्द, प्रेम को आप सहज ही आंक सकते हैं। कर्म, प्रेम और आनन्द से किया जाए तो उसके उत्कृष्ट होने की संभावना अधिक हो जाती है। कर्म से ही हमारा व्यक्तित्व बनता है। यह सच है कि विश्व में जो कुछ हो रहा है वह सभी मानव की इच्छा-शक्ति का ही प्रकाश है। व्यक्ति के भीतर इच्छाओं की उत्पत्ति उसके चरित्र से होती है। और चरित्र ही उसके कर्मों को संगठित करता है। सचरित्र और महान् व्यक्तियों ने सदैव कर्म को महान् समझा है। उनकी महानता का मुख्य कारण ही उनके द्वारा किया गया कर्म है अर्थात् कर्म से ही व्यक्ति का चरित्र बना है। आप जैसा कर्म करेंगे तदरूप ही आपका चरित्र बनेगा। चरित्र और कर्म दोनों एक-दूसरे से अन्योन्याश्रित हैं, सुकर्म कीजिए, परोपयोगी और लोकोपयोगी कार्यों से आप अपने विचारों में आमूल परिवर्तन ला सकते हैं। ऐसे कार्य प्रारंभ में कठिन प्रतीत होते हैं पर जब व्यक्ति का चरित्र इन कर्मों के अनुरूप बन जाता है और उसे ऐसे कार्यों में आनन्द आने लगता है और वह इन कार्यों को करता है तब ये कार्य आनन्ददायक बनकर उसे चरित्रवान् और उच्च व्यक्तित्व वाला बना देता है। जहां उत्तेजना, उद्वेग और दूरदर्शिता से प्रभावित होकर किया गया कर्म क्षणिक लाभ दे सकता है, वहीं स्थिरता, दूरदर्शिता और परोपकारी विचारों से किए गए कर्मों से शाश्वत शांति, लाभ और आनन्द प्राप्त होता है। चरित्रवान् और उच्च व्यक्तित्व वाले व्यक्ति परम शांति और निस्तब्धता के बीच भी तीव्र कर्म तथा प्रबल कर्मशीलता के बीच भी शांति और निस्तब्धता का अनुभव करते हैं। जब किसी महापुरुष के चरित्र का अध्ययन करेंगे तो एक बात आपके सामने स्पष्ट हो जाएगी कि स्थिरता में पहुंचने के लिए, शान्त भाव को प्राप्त करने का मार्ग कर्मशीलता से होकर ही जाता है। अत्यधिक कर्मशील होने को कारण उनके अनेक जटिल और कठिन कार्य स्वतः सम्पादित होते रहते हैं और यही उनके शांति का कारण बन जाता है। जब ऐसे विचारों से आप कोई कार्य करेंगे तब कार्य करते हुए भी आप

उसमें आसक्त नहीं हो पाएंगे। क्लेश का मुख्य कारण कर्म नहीं अपितु उसमें आसक्ति है। जो कार्य साधारण व्यक्ति अनेक प्रयासों के उपरान्त भी नहीं कर पाता है चरित्रवान् और उच्च व्यक्तित्व वाले व्यक्तियों के वैसे कार्य सरलता से सम्पन्न हो जाते हैं। यह पूर्व में किए गए कार्यों द्वारा निर्मित चरित्र के प्रभाव से ही होता है। आपने निश्चय ही देखा होगा कि कहीं किसी सभा में जब अव्यवस्था फैल जाती है, लोग उत्तेजित हो जाते हैं, भगदड़ मच जाती है, पुलिस वाले डंडे भांजने लगते हैं, फिर भी शान्ति नहीं होती। कोरे मोटे साधारण लोग मंच से शान्त रहने की अपील करते-करते थक जाते हैं। वहीं जब एक उच्च व्यक्तित्व वाला व्यक्ति मंच पर आकर मात्र दो-चार शब्द ही बोलता है कि वहां एकत्र सम्पूर्ण भीड़ धीरे-धीरे शांत हो जाती है। जिस कार्य के लिए पुलिस को डंडा चलाना पड़ा, दूसरे व्यक्तियों को बारम्बार चिल्लाना पड़ा, वही कठिन और जटिल कार्य मात्र किसी व्यक्ति के मंच पर उपस्थित होकर चार शब्द बोलने से ही सम्पन्न हो गया। यह मात्र उस व्यक्ति के व्यक्तित्व का प्रभाव है जो इतनी अस्थिरता में भी स्थिरता और शांति ला सका। इसी प्रकार महापुरुषों के अनेक कार्य उनके चरित्र और व्यक्तित्व की अदृश्य शक्ति से सम्पन्न होते जाते हैं। परन्तु अपने को चरित्रवान् और व्यक्तित्व वाला बनाने के लिए उन्हें पहले कैसी-कैसी कठिन समस्याओं में कार्य करना पड़ता है, इसका अनुमान लगाना सरल नहीं है।

कुछ दार्शनिक विचारक और चिन्तकों ने प्रत्येक विषय पर ऐसे-ऐसे विचार दिए हैं, जिनके कुछ विचारों से व्यक्ति, समाज, विश्व को कल्याण के बदले अकल्याण ही होने की संभावना अधिक हो जाती है। दूसरे शब्दों में ऐसा भी कहा जा सकता है कि उनके गूढ़ विचारों को भली-भांति न समझने के कारण साधारण व्यक्ति उनके अर्थ का अनर्थ लगा लेता है और लाभ के बदले हानि ही प्राप्त करता है। इसी प्रकार का एक विचार जो शताब्दियों पूर्व से हमारे भारतीय समाज में प्रचलित है वह है, दार्शनिक एवं कवि मलूक दास की ये पक्तियां :

"अजगर करै न चाकरी, पंछी करै न काम,
दास मलूका कह गए सबके दाता राम।"

कई लोगों ने इसे एक सिद्धांत के रूप में देखा है और सोचने लगे हैं कि जब परमात्मा ही सबका दाता है, वही सब कुछ करता है, जो कार्य नहीं करते हैं, उन्हें भी भोजन देता है तो कार्य करने की आवश्यकता क्या है? मलूक दास जी ने किन विचारों से प्रेरित होकर इन पंक्तियों की रचना की यह तो कहना सरल नहीं है, परन्तु आज साधारण व्यक्ति इसका जो अर्थ लगा रहा है वह तो आपके समक्ष है। मलूक दास जी ने भी यदि ध्यान से देखा होता तो वे ऐसी बातें शायद नहीं लिखते। पंछी की ही बात ले

लीजिए, सूर्योदय के पूर्व ब्रह्मवेला से ही पक्षियों का कलरव, इस बात की सूचना देता है कि रात्रि समाप्त हो गई, उठो और अपने-अपने कार्य में लग जाओ। उस समय से गोधूलि तक जब तक पंछी पुनः सोने के लिए वृक्षों पर नहीं आ जाते हैं वे क्रियाशील ही रहते हैं। मनुष्य को अपने पेट भरने हेतु जितना परिश्रम करना पड़ता है, पक्षियों को इसी कार्य के लिए और अधिक परिश्रम करना पड़ता है। एक-एक दाना चुनने के लिए सारे दिन भोजन की खोज में इधर-उधर भटकना पड़ता है तब जाकर कहीं उनकी क्षुधा शांत हो पाती है। बरसात अथवा ऐसे समय में जब उनके कार्य करने की अवधि और कम हो जाती है तो कई बार उन्हें भूखे ही रहना पड़ता है। उनके शरीर की बनावट ही ऐसी है कि यदि उन्हें नियमानुसार समय से भोजन न मिले तो भी उनके अंदर पूर्व के संचित ऊर्जा से उनका कार्य सुचारू रूप से चल जाता है। आपने निश्चय ही पक्षियों को अत्यधिक कार्य करते देखा होगा। एक-एक तिनका चुनकर अपना घोंसला बनाते हैं। मादा पक्षी निरन्तर कई दिनों तक अंडे सेतीं हैं। जब अंडों से बच्चे निकलते हैं तो नर और मादा दोनों मिलकर उन्हें उड़ना सिखाते हैं, उनके मुंह में खाना खिलाते हैं। फिर अपने खाने के लिए दाने का प्रबन्ध करते हैं। जन्म से मरण तक आजीवन पशु-पक्षी सभी कार्यरत रहते हैं, सिंह अथवा बाघ को वन में शिकार करने हेतु मीलों दौड़ना पड़ता है। शिकार ढूंढ़ना पड़ता है तब कही जाकर उसकी क्षुधा शान्त होती है। यदि ऐसा कहा जाए कि आज मनुष्य ही सभी जीवों में सरलता से भोजन प्राप्त कर लेता है तो अतिशयोक्ति नहीं होगी। अजगर के मुंह में भी उसका भोजन स्वतः नहीं चला आता है उसे भी उसे खींचना पड़ता है, पकड़कर निगलना पड़ता है। इस सृष्टि में कोई भी ऐसा जीव नहीं है जो बिना कार्य किए जीवित रह सकता है। कुछ ऐसे जीवधारी अवश्य हैं जिनके द्वारा किए गए कार्यों को हम साधारणतः नहीं देख पाते हैं जैसे: वनस्पति। इन्हें सूर्य की किरणों से, धरती में पड़े जल से, अपने भीतर ऊर्जा का निर्माण करना होता है, परन्तु वे क्रियाशील नहीं कहे जाते हैं। कार्य तो वे भी करते हैं फिर भी साधारण भाषा में उन्हें क्रियाशील नहीं माना जाता है।

कार्य करना एक सुखद अनुभूति है। इसे बोझ समझ व्यक्ति कष्ट को बढ़ाता है। कार्य को उत्कृष्ट श्रेणी से साधारण श्रेणी का बना देता है। विश्व के कई धार्मिक ग्रन्थों में कार्य को एक अभिशाप माना गया है। निश्चय ही उन ग्रन्थों के रचयिताओं ने यह देखा होगा कि व्यक्ति की इच्छा कार्य करने से अधिक आराम करने की होती है। लोग कार्य को एक बोझ समझने लगते हैं। ऐसी ही प्रवृति से प्रभावित होकर उन ग्रन्थों में ऐसी बातें लिखी गई होंगी। प्राचीन यूनानियों का ऐसा मानना था कि "देवता मानव जाति से घृणा करते थे, इसलिए उन्होंने द्वेषवश मनुष्य के भाग्य में श्रम लिख दिया" शारीरिक श्रम गुलामों के लिए है, यह मानकर यूनानी और रोमन उन आज़ाद लोगों

को निकृष्ट समझते थे जो शारीरिक श्रम में लगे होते थे। बाइबिल ने भी काम को एक दंड के रूप में देखा है, जो प्रभु ने आदम और हव्वा को अपनी आज्ञा के उल्लंघन करने और कृतघ्नता के अपराध के लिए दिया। यह उन दोनों की भूल के पाप की सज़ा थी जैसा कि बाइबिल में लिखा है –"जीवन के पेड़ के फल को खाने के कारण क्रोधित होकर प्रभु ने आदम को यह श्राप दिया कि क्योंकि तूने अपनी पत्नी की बात मानकर उस वृक्ष का फल खाया जिसके लिए मैंने आज्ञा देकर कहा था कि तू उसमें से न खाना, इसलिए भूमि तेरे कारण शापित है। तू उसकी उपज जीवनभर कठिन परिश्रम के साथ खाया करेगा। यह तेरे कांटे और ऊंट कटारे उगाएगी और तू खेत का साग पात ही खाया करेगा तू अपने माथे के पसीने की रोटी खाया करेगा और अंत में मिट्टी में मिल जाएगा। क्योंकि तू उसी में से निकाला गया है। तू मिट्टी तो है अतः मिट्टी में फिर मिल जाएगा।" यहूदियों का धर्मशास्त्र कहता है कि यदि मनुष्य को उसका खाद्य पशु-पक्षियों की तरह नहीं प्राप्त हो जाता, वह उन्हें कमाकर प्राप्त करना है तो यह पाप का ही फल है। प्रारंभिक ईसाई मत भी इसी यहूदी विचार को मानता रहा है। प्राचीन काल से आज तक समृद्ध और ऐश्वर्यशाली व्यक्ति अपने स्थान पर दूसरों से कार्य करवा लेते हैं। धनी और समृद्ध व्यक्तियों के यहां अनेक कार्यों को करने के लिए अलग से नौकर रखे जाते हैं। प्राचीन चीन में तो समृद्ध परिवार की लड़कियों को बचपन में ही लोहे के जूते पहना दिए जाते थे, जिससे उनके पैर बढ़ न सकें। महिला की सुन्दरता उसके पैरों की माप पर निर्भर करती थी। जिनके पैर जितने छोटे होते थे उसे उतना ही सुन्दर माना जाता था। जब बालिकाओं को कम आयु पर ही लोहे के जूते पहना दिए जाते थे तो वे स्वतः चलने-फिरने योग्य भी नहीं रह जाती थीं। किशोरावस्था में पहुंचते पहुंचते उन्हें प्रत्येक कार्यों के लिए दूसरों की सहायता की आवश्यकता होने लगती थी। वैसी युवतियों को थोड़ी दूर भी जाने के लिए दो सेविकाओं की आवश्यकता पड़ती थी। छोटे पैर इस बात के प्रतीक थे कि यह युवती संभ्रान्त परिवार की है। इसने आज तक अपने से कोई कार्य नहीं लिया। सभी कार्य इनकी सेविकाएं करती हैं। उन दिनों चीन में भी कार्य करना अच्छा नहीं माना जाता था।

इन सब बातों के विपरीत प्राचीन भारतीय दर्शन में श्रम को अत्यधिक महत्ता दी गई है। व्यक्ति का कर्त्तव्य ही कर्म अर्थात् श्रम पर आधारित हैं। उसके सम्पूर्ण जीवन का निष्कर्ष उसके द्वारा किए गए कर्मों पर ही निर्भर करता है। कवि तुलसीदास ने लिखा है:

"कर्म प्रधान विश्व करि राखा,
जो जस करै सो तस फल चाखा।"

इन सब बातों के उपरान्त भी आज समाज में कार्य न करने की प्रवृत्ति बढ़ती जा

रही है, जब कोई नौकरी ढूंढता है तो उसकी इच्छा रहती है कि उसे ऐसा कार्य मिले जिसमें वेतन अधिक हो और कार्य करना ही न पड़े। आज के सरकारी कार्यालयों की रूपरेखा इसी संस्कृति की बनती जा रही है, लोग कम से कम कार्य करने में रुचि रखते हैं और सोचते हैं उन्हें सफलता क्यों नहीं मिली। सफल व्यक्तियों की ओर देखकर उनके सुख-समृद्धि पर ध्यान केंद्रित कर देते हैं। उनके द्वारा किया गया अथवा किए जा रहे श्रम की ओर साधारण व्यक्ति ध्यान ही नहीं देता है। परन्तु कामना उन्हीं जैसी करता है।

हमारी आज की व्यापारिक सभ्यता में सबसे अधिक प्रभावशाली वस्तु है धन। आपको जीवित रहने के लिए धन चाहिए। अच्छे-बुरे सभी कार्यों के लिए धन की आवश्यकता पड़ती है। धन तो मात्र उपार्जन से ही प्राप्त किया जा सकता है। यह प्रत्येक सांसारिक व्यक्ति का कर्त्तव्य है कि वह धन कमाए। जो व्यक्ति धन उपार्जन की चेष्टा नहीं करता है वह कामचोर है जो अपने थोड़े धन में ही संतुष्ट रहता है और अधिक धन कमाने हेतु अधिक श्रम नहीं करता है वह आलसी है। जो अपने द्वारा किए गए कर्मों के मूल्य से अधिक की अपेक्षा करता है वह लोभी है तथा जो दूसरों के द्वारा उपार्जित धन को बिना कुछ उचित कर्म के ही प्राप्त कर लेना चाहता है, वह कपटी है। प्रत्येक व्यक्ति का यह कर्त्तव्य है कि वह सद्कर्मों द्वारा अधिक से अधिक धन कमाए और उसका उचित उपयोग करे। यही उसकी उन्नति और प्रगति का सरल मार्ग है। व्यक्ति को अपनी शक्ति, समय और अवस्था का अनुमान होना चाहिए और इनके अनुसार ही कार्यों का चयन करना चाहिए। इनसे बाहर के कर्मों में सफल होने के लिए दूसरों से कपट करना होता है जिससे उसके भीतर दुर्गुणों की उत्पत्ति होती है और यह उसे दुश्चरित्र वाला बनाता है। धन का सदुपयोग जहां अमृत है वहीं उसकी दुरूपयोग विष हैं कार्य कोई भी छोटा और बड़ा नहीं होता। कार्य को छोटा समझने का मुख्य कारण व्यक्ति के भीतर ज्ञान की कमी है। सभी कार्यों को एक-सा समझकर देश, काल और परिस्थिति के आधार पर कर्त्तव्य भावना से करना चाहिए। लोकोपयोगी विचारों से उत्पन्न होने वाले कार्य सदैव श्रेष्ठ होते हैं और इनसे श्रेष्ठ लाभ प्राप्त होता है।

जब तक यह क्रांतिकारी परिवर्तन मनुष्य के मस्तिष्क में नहीं आएगा वह कार्य को अथवा कर्म को हीन दृष्टि से देखेगा, तब तक उसके जीवन में यह बदलाव आना संभव नहीं है, जिसे आज की भाषा में 'कार्य सभ्यता' कहा जाता है। जिन राष्ट्रों के नागरिकों में कार्य सभ्यता का प्रादुर्भाव हो गया है, जहां कर्म की प्रधानता है, श्रम का उचित मूल्यांकन किया जा रहा है, वही आज उन्नति के चरम शिखर पर चढ़ता जा रहा है, कोई भी हो। हमारे यहां भी कुछ लोग कर्म में पूर्णतः विश्वास करते हैं, पर साधारण व्यक्ति

कर्म से भागता है, जी चुराता है और श्रम करना नहीं चाहता है। यही मुख्य कारण है कि अधिकतर व्यक्ति एक साधारण व्यक्ति की भांति जीते हैं और मर जाते हैं।

यदि आप जीवन में सुख, समृद्धि, ख्याति और प्रतिष्ठा चाहते हैं तो इस भ्रामक विचार से अपने को मुक्त कीजिए। जो भी कार्य आप करते हों उसमें उससे प्रेम कीजिए। कार्य उत्पादक हो या अनुत्पादक, कार्य से बिना प्रेम किए उसे अच्छी तरह से कर पाना असंभव है। उत्पादकता और अनुत्पादकता के जाल से बाहर निकलिए। जब भी जिस कार्य में हाथ डालिए कार्य से पहले प्रेम कीजिए, फिर कार्य प्रारंभ कीजिए। किसी दूसरे से आपको पूछने की आवश्यकता नहीं होगी। आप स्वयं देख पाएंगे, मात्र इस छोटे से वैचारिक परिवर्तन के कारण आपकी कार्यकुशलता पर कितना बड़ा प्रभाव पड़ता है। यही तो सफलता का मूल मंत्र है। कार्य कीजिए और कार्य से प्रेम कीजिए अथवा यों कहें, कार्य से प्रेम कीजिए, कार्य कीजिए। आप स्वयं देखेंगे कि आपके कार्य में प्रेम स्वयं सजीव होकर झांकने लगेगा। कार्यों में उत्कृष्टता आ जाएगी, यही आपको सफलता के निकट ले जाएगा।

प्रिय बोलिए : मधुर बोलिए

भारत में ही नहीं सम्पूर्ण विश्व में शताब्दियों से मनुष्य को यही बताया गया है कि सच बोलो। संस्कृत में एक सुभाषित है–"सत्यम् ब्रूयात् प्रियं ब्रूयात मा ब्रूयात् सत्यमप्रियम" अर्थात् सच बोलो, प्रिय बोलो, अप्रिय सत्य न बोलो। यदि इस वाक्य को सूक्ष्मता से देखा जाए तो स्पष्ट होगा कि जितना बल सत्य बोलने पर दिया गया उससे कहीं अधिक बल प्रिय बोलने पर दिया गया है। स्पष्टतः कह दिया गया है कि सत्य भी यदि अप्रिय हो तो मत बोलो। एक ओर तो कहा जाता है कि सत्य बोलो और दूसरी ओर वैसा सत्य बोलने के लिए भी मना किया जा रहा है जो अप्रिय हो। अर्थात् सत्य बोलने से भी महान् है प्रिय बोलना। साधारणतः सामान्य व्यक्ति इस वाक्य के रहस्य को भूल जाते हैं और सत्य अथवा झूठ कुछ भी बोलते समय इस बात का ध्यान ही नहीं रखते हैं कि उनकी बोली सुनने वाले के लिए प्रिय होगी अथवा अप्रिय अपनी भूलवश व्यक्ति अधिकाधिक अप्रिय वचन बोलता जाता है। इसका प्रभाव क्या होता है? आप क्यों बोलते हैं? कैसे बोलते हैं? इन सब बातों का प्रभाव सबसे अधिक आपकी सफलता पर पड़ता है। आप जिन लोगों से बातचीत करते हैं, कुछ भी बोलते हैं उनके मस्तिष्क में आपकी बातों को सुनकर आपके प्रति कुछ धारणाएं बनती हैं, और इन्हीं धारणाओं के आधार पर वह व्यक्ति आपके गुण-दोष और आपके व्यक्तित्व का आकलन करता है। उसकी पसन्दगी या नापसंदगी सभी कुछ उसकी इसी धारणा पर निर्भर करती है। मनुष्य जहां कुछ प्रिय वचनों को बोलकर अपने लिए एक शुभचिन्तक बना सकता है वहीं उसके अप्रिय और कटु वचन उसके बने हुए कार्यों का सर्वनाश कर सकते हैं।

आप व्यवसाय से कुछ भी करते हों। पर ऐसा अवश्य अनुभव करते होंगे कि आज व्यक्ति के सम्मुख एक सबसे कठिन और जटिल समस्या है कि उसे अपने अनेक कार्यों को दूसरे व्यक्तियों से करवाना पड़ता है और उन व्यक्तियों द्वारा उन कार्यों को करने अथवा न करने का सीधा प्रभाव व्यक्ति की सफलता पर पड़ता है। आज की सबसे बड़ी समस्या है कि किसी कार्य को किसी दूसरे व्यक्ति से कैसे करवा लिया जाए। कुछ व्यक्ति समझते हैं कि उनके कहने, आग्रह करने और समझाने से ही दूसरा व्यक्ति उनका कार्य

कर देगा। कुछ लोग ऐसा भी समझते हैं कि वे दूसरों को भयभीत कर उनसे अपना काम करवा सकते हैं। कुछ लोग दूसरों को कुछ धन अथवा सामग्री देकर भी कार्य निकालने की बात सोचते हैं, परन्तु यदि आप इन सभी विषयों पर गहन चिन्तन करें तो आपको ऐसा लगेगा कि ऐसे सभी विचार मिथ्या और त्रुटिपूर्ण हैं। सच्चाई इससे भिन्न है। किसी व्यक्ति से उस समय तक कोई कार्य करवा लेना असंभव है जब तक वह व्यक्ति स्वयं उस कार्य को करना नहीं चाहे। कार्य करने के लिए, करने वाले व्यक्ति की इच्छा ही सर्वाधिक महत्त्व रखती है। आप किसी की छाती पर पिस्तौल रखकर या उसे ढेर सारे रुपये देकर भी उसकी इच्छा के विपरीत उसे बलपूर्वक किसी भी कार्य को करने के लिए बाध्य तो कर सकते हैं, पर आपके ऐसे प्रयासों के उपरान्त भी कोई व्यक्ति आपका कार्य कर ही दे इसकी कोई निश्चितता नहीं है। भय, धन का लोभ अथवा कई अन्य प्रलोभनों के उपरान्त भी कोई व्यक्ति अपनी इच्छा के विपरीत कोई कार्य नहीं करता है। इसका अर्थ हुआ कि यदि हम किसी कार्य को किसी दूसरे व्यक्ति से करवाना चाहते हैं तो सर्वप्रथम हमें ऐसी युक्ति लगानी होगी जिससे वह व्यक्ति भी यह चाहे कि अमुक कार्य उसे करना चाहिए। इस प्रसंग से संबंधित व्यक्ति से मिलना, उससे बातें करना, अपने पक्ष को सावधानी और चतुराई से प्रस्तुत करना जितना महत्त्व रखता है उससे कम महत्त्व उस समय तक उस व्यक्ति के मनोस्थिति का नहीं रहता है, जिसको वह कार्य करना है। उसके मनोस्थिति के अतिरिक्त आपके संबंध में उस व्यक्ति की कैसी धारणा है, इन सब बातों को मिला-जुलाकर ही वह व्यक्ति अपने मस्तिष्क में यह निर्णय लेता है कि वह आपका कार्य करे अथवा न करे। आपके लाभ और हानि से उस व्यक्ति को साधारणत: कुछ सम्बन्ध नहीं रहता है। परन्तु यदि आपके संबंध में उस व्यक्ति की धारणा पहले से आपके पक्ष में या विपक्ष में बनी हुई है, वह व्यक्ति आपका शुभचिन्तक है अथवा विरोधी है तब ही वह आपके लाभ या हानि के संबंध में सोच सकता है। यदि आपने उसे शुभचिन्तक बनाकर रखा है तब वह अपनी कुछ हानि के उपरांत भी आपका कार्य कर देना चाहेगा। और यदि उसके मस्तिष्क में आपके प्रति पूर्व से किसी प्रकार की कोई धारणा नहीं है तब उसी समय आपके द्वारा किए गए बर्ताव, वार्तालाप आदि के आधार पर वह आपके प्रति ऐसी धारणा बनाएगा। अपने मन:स्थिति और उस धारणा को मिलाकर वह एक निर्णय लेगा कि आप द्वारा आग्रह किए जा रहे कार्य को करे अथवा न करे। साधारणतः व्यक्ति को वैसे ही लोगों से अधिक कार्य लेना रहता है जिनसे वे पूर्व से परिचित रहते हैं उसके संबंध में उनके मस्तिष्क में एक धारणा बनी रहती है। बहुत कम ही मामलों में नए लोगों से कुछ कार्य कराने की स्थिति आती है। परिस्थिति जो भी हो, जब भी आप किसी दूसरे व्यक्ति से कुछ बोलते हैं तो वह आपके संबंध में कुछ धारणा बनाता है। यही धारणा उस व्यक्ति को सबसे अधिक प्रभावित करती है कि वह

आज अथवा भविष्य में भी आपके किसी कार्य को करे अथवा न करे। आपके शुभचिन्तकों की संख्या जितनी अधिक होगी, आपके सफल होने की संभावनाएं उतनी अधिक बढ़ जाएंगी। शुभचिन्तक बनाने मे व्यक्ति का व्यवहार सर्वाधिक महत्त्व रखता है। व्यवहार अर्थात् आपका उस व्यक्ति के प्रति बर्ताव, जिसमें सबसे महत्वपूर्ण अंश आपके वार्तालाप का ही होता है। इसका अर्थ हुआ कि आपका उस व्यक्ति से कुछ बोलना ही सबसे अधिक महत्त्व रखता है, और उसी के आधार पर उस व्यक्ति की धारणा बनती है।

उपरोक्त सुभाषित में बोलने के संबंध में ही निर्देश दिया गया है कि "सत्य बोलो, प्रिय बोलो। अप्रिय सत्य न बोलो" कुछ लोग ऐसा मानते हैं कि प्रिय बोलना अत्यधिक कठिन है क्योंकि प्रत्येक व्यक्ति को एक ही वस्तु प्रिय नहीं लगती है। वैसे लोग यह भी तर्क देते हैं कि यह कैसे पता लगाया जाएगा कि अमुक व्यक्ति को क्या प्रिय है और क्या अप्रिय है। ऐसे व्यक्तियों के संबंध में यही कहा जा सकता है कि उन्होंने मानवीय प्रवृत्तियों के संबंध में गहन चिन्तन एवं अध्ययन नहीं किया है। जब तालाब से मछलियों को हम पकड़ना चाहते हैं तो एक-एक मछली के मनपसंद स्वाद के अनुसार अपनी वंशी में चारा नहीं लगाते हैं। साधारणतः उसी चारे का प्रयोग किया जाता है जिसे सभी मछलियां पसंद करती हैं। जब मनुष्य को पकड़ने अथवा फंसाने की बात उठती है तो इसी युक्ति के अनुसार सोचना उचित होगा। जब इस युक्ति के अनुसार आप सोचिएगा तो आपको सबमें पसंद की वस्तु शीघ्र मिल जाएगी। और उसी को बंसी में लगाकर मछलियों की भांति आप अधिकाधिक मनुष्यों को भी अपना शुभचिन्तक बना सकते हैं। यदि आप इस विषय पर चिन्तन करें तो आपको ऐसा लगेगा कि प्रत्येक व्यक्ति को एक ही वस्तु प्रिय लगती है, वह है – उसकी प्रशंसा और महत्ता का भाव। किसी की प्रशंसा करने में व्यक्ति के दो मधुर वचनों के अतिरिक्त कुछ भी व्यय नहीं होता है। फिर भी अधिकांश व्यक्ति इसमें भी मितव्ययता कर जाते हैं। उनकी मितव्ययता का क्या प्रभाव दूसरे व्यक्ति पर तथा उन पर भी पड़ता है इस संबंध में वे कभी नहीं सोचते हैं। किसी की प्रशंसा के दो मधुर शब्द आपको आपके लिए आजीवन एक शुभचिन्तक दे सकता है। प्रशंसा किसे प्रिय नहीं है, आप स्वयं अपने संबंध में ही सोच लीजिए। यदि आप की कोई प्रशंसा करे तो आपको कैसा लगेगा? इस बात को जानते हुए भी अनेक व्यक्ति बातचीत के दौरान में अपनी ही प्रशंसा प्रत्यक्ष अथवा परोक्ष रूप में करते देखे जाते हैं। सुनने वाला व्यक्ति अपनी प्रशंसा सुनने के लिए लालायित है। इस बात को जानते हुए भी उससे बातचीत करने वाला व्यक्ति उसे मन से प्यासा ही रहने का बाध्य कर देता है। व्यक्ति को अपनी प्रशंसा सुनने की प्यास जैसी की तैसी बनी रह जाती है। यह एक ऐसी स्वाभाविक प्रवृति है जिसकी पूर्ति दूसरे के द्वारा ही संभव है। व्यक्ति के अधिकांश कार्यों का ध्येय प्रत्यक्ष अथवा परोक्ष रूप से अपनी

महत्ता बढ़ाकर दूसरों के समक्ष प्रस्तुत करने की होती है। उसकी आंतरिक इच्छा रहती है कि उसकी महत्ता की ओर, उसके गुणों की ओर दूसरे का ध्यान जाए। जब कोई दूसरा व्यक्ति उसकी महत्ता और गुणों को स्वीकार कर उसके समक्ष उनको उजागर करता है तभी उस व्यक्ति के मन के भीतर की उस तृष्णा को तृप्ति मिलती है जिसके लिए उसने उस कार्य को किया है और वह अपने में संतुष्ट हो जाता है। सामने वाले व्यक्ति से अपनी प्रशंसा सुनकर उस व्यक्ति के प्रति भी उसकी धारणा मधुर और प्रिय बन जाती है, और उसको मुफ्त में एक शुभचिंतक मिल जाता है। निष्कपट भाव से प्रशंसा करने का अभ्यास कीजिए। इसमें आपका कुछ भी व्यय नहीं होता है बदले में आपको सफलता सूत्र मिलता है। इसे जानते हुए भी अधिकांश व्यक्ति इस सूत्र का प्रयोग ही नहीं करते हैं। व्यक्ति की अस्मिता, उसके स्वयं की महत्ता, उसके पथ में बाधक बन जाती है। इस संबंध में सूक्ष्मता से सोचने पर ऐसा लगेगा कि यह मात्र व्यक्ति की नासमझी है कि वह ऐसा सोचता है कि किसी की प्रशंसा करने से वह उसे अपने से ऊंचा उठा रहा है और वह अपने को उससे नीचा। आप किसी व्यक्ति के घर जाते हैं, उसके उद्यान में खिले गुलाब के सुन्दर पुष्पों की ओर आपका मन हठात् आकर्षित हो जाता है। भला सोचिए तो यदि उस व्यक्ति से आपने उसके उद्यान के पुष्पों की प्रशंसा की तो आप कहां उसे अपने से ऊंचा उठा रहे हैं, और अपने नीचे गिर रहे हैं। मात्र उसके पुष्पों की प्रशंसा से ही उस व्यक्ति के अंदर की प्रशंसा की तृष्णा की तृप्ति मिल गई, आपका तो कुछ नहीं गया। इस प्रकार के अनेक उदाहरण आप अपने व्यक्तिगत जीवन में देखते हैं। अपनी अस्मिता और महत्ता को बिना ठेस पहुंचाए हुए भी आप दूसरों की प्रशंसा कर दूसरों का मन जीत सकते हैं। आवश्यकता है आपके प्रयास और अभ्यास की। किसी व्यक्ति के चरित्र, व्यवहार, व्यक्तित्व आदि में अनेक ऐसी वस्तुएं मिल जाएंगी जो सच में प्रशंसनीय है। उन्हें ढूंढ़ निकालना ही प्रशंसक की प्रथम आवश्यकता है जब तक आप किसी व्यक्ति के पास उपलब्ध वस्तुओं में से प्रशंसनीय वस्तु को ढूंढ़ नहीं निकालते हैं उस व्यक्ति की प्रशंसा आप कैसे कर सकते हैं? व्यक्ति की प्रशंसा का अर्थ होता है उसके गुणों की प्रशंसा, उसके पास उपलब्ध वस्तुओं की प्रशंसा आदि-आदि। एक प्रशंसक व्यक्ति दूसरे व्यक्ति के अवगुणों की ओर अपना ध्यान बहुत कम ले जाता है। अभ्यास करते-करते प्रशंसक के भीतर दूसरों में गुणों को देखने, ढूंढ़ने की प्रवृत्ति जागृत हो जाती है। प्रत्येक धर्म और दर्शन में मनुष्य को ऐसा बताया गया है कि वह दूसरों के अवगुण की ओर ध्यान न दें, मात्र उनके गुणों की ओर ही देखें, उन्हें ग्रहण करने की चेष्टा करें। दूसरों के गुणों की ओर देखने से व्यक्ति में मानवीय गुणों की बढ़ोतरी होती है, उसका चरित्र विकसित होता है उसके अवगुणों का नाश होता आदि-आदि। इस छोटे से कार्य से मनुष्य को अनेक

उपलब्धि प्राप्त होती है फिर भी हममें से अधिकांश व्यक्ति दूसरों की प्रशंसा करने में मितव्ययता कर जाते हैं और अपना कार्य स्वयं बिगाड़ लेते हैं।

कुछ लोग अज्ञानतावश प्रशंसा को चापलूसी समझ लेते हैं और अपने तो दूसरों की प्रशंसा नहीं ही करते हैं और जो लोग दूसरों की प्रशंसा करते हैं उन्हें चापलूस कहते हैं। प्रशंसा और चापलूसी दोनों पूर्णतः भिन्न वस्तु हैं। प्रशंसा उस वस्तु की होती हैं, अथवा की जाती है जो प्रशंसनीय है। प्रशंसा करने का उद्देश्य व्यक्ति से कुछ प्राप्त करना नहीं होता है वह तो उस व्यक्ति की छोटी-मोटी सफलताओं को उजागर करता है और प्रशंसा करने वाले व्यक्ति के भीतर अच्छी आदत उत्पन्न करता है। उस व्यक्ति के भीतर एक अदृश्य ऊर्जा की उत्पत्ति करता है। जिससे उसे आनन्द की अनुभूति होती है। प्रशंसा अपने से छोटे-बड़े और बहुत बड़े किसी व्यक्ति की जा सकती है। सबों पर उसका एक-सा प्रभाव पड़ता है। जब प्रत्येक व्यक्ति के भीतर कुछ न कुछ प्रशंसनीय बात अवश्य है तो सबों की प्रशंसा की जा सकती है। क्या आपने अपने घर में झाड़ू देने वाले नौकर की प्रशंसा कभी की है? आपने इसकी आवश्यकता ही नहीं समझी होगी, यह प्रश्न ही आपको बेतुका लग रहा होगा। उसके कार्यों से असंतुष्ट होकर आप प्रतिदिन उस पर बिगड़ते तो अवश्य होंगे, क्रोधित भी होते होंगे। परन्तु जिस दिन वह आपकी अपेक्षा से अधिक अच्छा कार्य करता है उस दिन भी तो आपने उसकी प्रशंसा नहीं की। एक बार प्रशंसा करके तो देखिए। उससे उसके मन में उस ऊर्जा की उत्पत्ति होगी जो उसे अपने कार्य को और अच्छे तरीके से करने को प्रेरित करेगी। अधिकतर व्यक्ति ऐसा समझते हैं कि मात्र अपने से बड़े लोगों की ही प्रशंसा करनी चाहिए। वे जिस कार्यालय में कार्य करते हैं, अपने से ऊपर के अधिकारियों की प्रशंसा तो वे करते ही रहते हैं। उनके कार्यालय में ऐसे कुछ लोग अवश्य मिल जाएंगे जो उच्च्च अधिकारियों के अधिक निकट रहते हैं, वे उनकी प्रशंसा भी करते हैं। उनमें से अधिकांश को उनके सहयोगी ईर्ष्या की दृष्टि से देखते हैं और उन्हें चापलूस कहते हैं। मैंने तो अपने जीवन में लोगों की प्रशंसा करने का अद्‌भुत परिणाम देखा है। कई कार्यालयों में मैंने देखा है जब कोई टाइपिस्ट कुछ अशुद्ध टाईप कर देता है तो उसके उच्च्च अधिकारी उस पर खिन्न और क्रोधित हो जाते हैं। शायद ही कोई ऐसा व्यक्ति होता है जिसने अपने अधीनस्थ टाईपिस्ट की कभी प्रशंसा की हो। ऐसा तो हो ही नहीं सकता है कि कोई व्यक्ति कभी भी कोई प्रशंसनीय कार्य नहीं करे। परन्तु अधिकांश उच्च्च अधिकारी अपने अधीनस्थ कर्मचारियों द्वारा किए गए अच्छे टाईप, लिखे गए अच्छे पत्रों तथा अन्य प्रशंसनीय कार्यों के लिए उनकी प्रशंसा कभी भी नहीं करते हैं। विशेषकर सरकारी कार्यालयों में तो ऐसी पद्धति ही नहीं है। प्रशंसा करने से कार्य के स्तर में अत्याधिक सुधार होता है। किसी की प्रशंसा नहीं करने से उसके भीतर कार्य को और अच्छे रूप

में करने की इच्छा ही समाप्त हो जाती है। दुकानों में कार्यरत सेल्समैनों की भी यदा-कदा अपने मालिकों द्वारा प्रशंसनीय कार्यों पर प्रशंसा नहीं किए जाने से, तथा अनावश्यक रूप से उनकी भूलों पर उन्हें उपेक्षित करते रहने से, उनके कार्य प्रणाली में उन्नति नहीं हो पाती है। फैक्टरी, दुकान, कार्यालय तथा अन्य प्रतिष्ठानों में जहां भी आप कार्य करते हैं आप अपने अधीनस्थ कर्मचारियों की उनके प्रशंसनीय कार्यों के लिए प्रशंसा अवश्य करें। इससे आप उनसे बिना व्यय के अधिक और अच्छा कार्य लेने में सफल हो जाएंगे। अपने उच्च अधिकारियों की प्रशंसा से जहां आप कृपा के पात्र बन सकते हैं वहीं अधीनस्थ कर्मचारियों की प्रशंसा से आप उनका मन जीत सकते हैं।

कुछेक व्यक्ति प्रशंसा और चापलूसी में अंतर ही नहीं समझ पाते हैं। अंतर तो स्पष्ट है, प्रशंसा उस वस्तु की होती है जो प्रशंसनीय है। इससे एक उत्पादक ऊर्जा की उत्पत्ति होती है। यही प्रशंसा जब ऐसी वस्तु की की जाने लगती है जो सच में प्रशंसनीय नहीं है तो वह एक अनुत्पादक ऊर्जा की उत्पत्ति करती है। इसे ही चापलूसी कहते हैं। प्रशंसा सभी को प्रिय है, इसके विपरीत चापलूसी से लोग दूर रहना चाहते हैं। समाज में चापलूस को हेय दृष्टि से देखा जाता है। इसके साथ-साथ जिस व्यक्ति की चापलूसी की जाती है वह व्यक्ति भी मात्र कुछ ही दिनों में चापलूसी और प्रशंसा के अंतर को समझ जाता है और चापलूसी करने वाले व्यक्ति से बचकर रहना चाहता है। कुछ ऐसे लोग भी हैं जो चापलूस और प्रशंसक में सहजता से अंतर नहीं निकाल पाते हैं और चापलूसों को ही अपना समझ बैठते हैं। किसी व्यक्ति में जब कोई विशेष गुण वर्तमान नहीं है और उसी गुण के संबंध में बड़ाई करना ही चापलूसी है। एक चापलूस और प्रशंसक को बड़ी सरलता से पहचाना जा सकता है। चतुर और विवेकी जन जहां किसी की चापलूसी नहीं करते हैं वहीं वे अपनी चापलूसी भी पसंद नहीं करते हैं। चापलूस व्यक्ति आपको समस्याओं के जाल में फंसा सकता है। ऐसी अनेक कहानियां प्राचीन साहित्य में उपलब्ध है कि चापलूसों की बातों पर विश्वास करके कई बड़े वीर योद्धा, राजा और विशिष्ट व्यक्तियों ने अपना सर्वनाश कर डाला। ऐसे दृष्टांत हैं कि राजाओं और विशिष्ट व्यक्तियों ने चापलूसों को अपने दरबार और गोष्ठी से निष्कासित किया। प्राचीन काल में ही नहीं आज भी बड़े-बड़े नेता, मंत्री, पदाधिकारी और उच्च व्यापारी वर्ग के लोग जब कभी भी चापलूसों के जाल में फंस जाते हैं तो सदैव उनका अनिष्ट ही होता है। व्यक्ति अपने विवेक का थोड़ा प्रयोग कर एक प्रशंसक और चापलूस में अन्तर पता लगा सकता है।

अपनी प्रशंसा सुनने के साथ-साथ व्यक्ति को मधुर और विनम्र शब्द भी अत्यधिक रोचक और मनग्राही लगते हैं। आप शब्दों के माध्यम से ही अपने विचारों को व्यक्त करते हैं। शब्द ही विचार के प्रतीक हैं। बातचीत में उत्तेजक, कडुवे और आक्रामक

शब्दों का प्रयोग करना कभी भी आपके पक्ष में नहीं जाएगा। जब आप किसी से कुछ अपेक्षा करते हैं, यदि आप मात्र यही चाहते हैं कि आप जो कुछ कह रहे हैं उसे सामने वाला व्यक्ति सुन ले तब भी आपको विनम्र और मधुर ही बोलना चाहिए। वाणी की मधुरता और विनम्रता सुनने वाले को अत्यधिक प्रभावित करती है। उत्तेजक और आक्रामक शब्दों से दूसरों के मन में क्रोध और क्षोभ उत्पन्न होता है। सुनने वाले व्यक्ति के मन में भी उत्तेजना की उत्पत्ति होती है जो उसके उचित निर्णय लेने में बाधक बन जाती है। ऐसे अधिकांश मामलों में व्यक्ति लाभ के बदले हानि ही पाता है। प्रशंसा की भांति आपके मधुर और विनम्र शब्द भी आपके लिए शुभचिंतकों की संख्या बढ़ा सकते हैं। यदि आप किसी व्यक्ति के मनोनुकूल नहीं भी बोल रहे हैं फिर भी यदि आपकी वाणी विनम्र है और मधुर है तो उस व्यक्ति के आपके विपरीत होने की संभावनाएं अति क्षीण हो जाती हैं। मधुर और विनम्रवाणी दूसरों के हृदय में उठते हुए क्रोध, घृणा और तिरस्कार के उफान को उसी प्रकार शांत कर देता है जैसे गर्म दूध के उठते हुए उफान को शीतल जल। जब भी आप कुछ बोलने के संबंध में सोचिए, जो कुछ आप कहना चाहते हैं उस पर एक बार अवश्य विचार कीजिए कि इसी बात को कैसे और अधिक नम्र और मधुर बनाया जा सकता है और उसके बाद ही बोलिए। कार्यालय हो अथवा दुकान, घर हो अथवा बाहर बोलते समय इस बात की ओर ध्यान न दें, कि आप किससे बोल रहे हैं, अपने अधीनस्थ कर्मचारियों से अथवा घर के नौकरों से, पति-पत्नी अथवा बच्चों से, अपने उच्च अधिकारियों से, दुकानदार अथवा ग्राहकों से, ध्यान देने योग्य वस्तु यह है कि आपकी वाणी में मधुरता है कि नहीं, विनम्रतापूर्वक बोल रहे हैं अथवा नहीं। कुछ लोग अपने उच्च अधिकारियों से और ग्राहकों से तो मधुर विनम्र होकर बोलने का प्रयास करते हैं पर अपने घर में तथा कार्यालय में अधीनस्थ कर्मचारियों से बोलते समय जान बूझकर अपनी भाव-भंगिमा तथा शब्दों को अधिक कटु तथा कठोर बना लेते हैं। बार-बार ऐसा करना धीरे-धीरे उनका स्वभाव बन जाता है और बाहरी व्यक्तियों से भी वे इसी मुद्रा में अधिक बातचीत करने लगते हैं। परिणामस्वरूप उनके शुभचिंतकों की संख्या तो कम हो ही जाती हैं, साथ ही साथ अन्य व्यक्तियों की भावना भी उनके प्रति अच्छी नहीं रह पाती है। ऐसे व्यक्ति जो जान-बूझकर क्रोधित भाव-भंगिमा में रहते हैं उनकी मुखाकृति से ही अन्य व्यक्तियों को विकर्षण होने लगता है। इसी भूल के कारण पति-पत्नी, पिता-पुत्र, अधिकारी-कर्मचारी, मालिक-नौकर तथा अन्य कई वर्गों में सदैव छोटे-बड़े कलह और झगड़े होते रहते हैं। धीरे-धीरे यही झगड़ा स्थायी बन जाता है और तब व्यक्ति का जीवन दुःखमय बन जाता है। पर उस समय तक बात इतनी बिगड़ गई होती है कि उसका सुधारना असंभव बन जाता है। इसके विपरीत मधुर, विनम्र बोलना, क्रोध रहित मृदु मुस्कान सहित आकृति दूसरों को

सदैव अपनी ओर आकर्षित करती है। इसका सीधा प्रभाव व्यक्ति के घरेलू, व्यावसायिक तथा सामाजिक जीवन पर अनुकूल पड़ता है। इन सबों से भी बड़ी बात है कि जब आप क्रोध और कटुता का नाटक नहीं करते हैं तब आपका मस्तिष्क सन्तुलित तथा तनावरहित रहता है। मात्र ऐसी स्थिति में ही आप किसी प्रश्न के संबंध में सरलता से उचित निर्णय ले सकते हैं। निर्णय तो व्यक्ति को जीवन में प्रतिदिन, प्रतिक्षण लेना ही पड़ता है। यदि निर्णय महत्त्वपूर्ण होता है तो उसकी सफलता और असफलता में उसका योगदान भी महत्त्वपूर्ण होता है। क्रोध और तनावरहित स्थिति में ही किसी विषय पर उचित निर्णय लेना संभव है। क्रोध को दूसरे शब्दों में अस्थाई पागलपन भी कहा जा सकता है। इससे अनेक व्याधियों की उत्पत्ति होती है। तनावपूर्ण जीवन के कारण ही आज अधिकतर व्यक्ति मानसिक रोगों के अतिरिक्त, रक्तचाप, मधुमेह, पक्षाघात, अलसर, हृदय रोग तथा अन्य कई रोगों से ग्रसित रहते हैं। विनम्रता और मधुरता जीवन को तनावमुक्त करने हेतु भी एक सरल औषधि है। इसका अत्यधिक प्रदर्शन व्यक्ति भाव-भंगिमा के अतिरिक्त अपनी वाणी में कर सकता है। यह कोई कठिन कार्य नहीं है। प्रयास करके इसे सरलता से प्राप्त किया जा सकता है। आज से ही प्रयास आरंभ कीजिए। प्रतिदिन कम से कम कुछ समय निर्धारित कर दीजिए। घंटा-आधा घंटा ही सही घर में, परिवार में, कार्यालय आदि जहां भी आप रहें कम से कम उक्त अवधि में विनम्र और मधुर वाणी बोलिए। प्रशंसा कीजिए। तनाव रहित और प्रसन्नचित्त रहिए। धीरे-धीरे आप स्वयं अवधि बढ़ाते जाएंगे और तब अनुभव करने लगेंगे कि यह विधि उतनी अधिक कठिन नहीं है, जितनी आप समझ रहे थे। ऐसा करने से आपके शुभचिंतकों की संख्या निश्चित ही बढ़ जाएगी। कलहरहित पारिवारिक जीवन की ओर आप अग्रसर होंगे। आप अपने बच्चे-बच्चियों को अधिक प्यार दे पाएंगे। स्वयं दूसरों के लिए एक अच्छा उदाहरण बन जाएंगे।

दूसरों से कुछ कहते समय अर्थात् कुछ बोलते समय अधिकांश व्यक्ति यह भूल जाते हैं कि कोई दूसरा व्यक्ति उनकी समस्याओं में कोई अभिरुचि नहीं रखता है। प्रत्येक व्यक्ति अपने लाभ-हानि से संबंधित बातों पर ही अधिक ध्यान देता है। वह दूसरों की लाभ-हानि की बातों को सुन लेता है, परन्तु उसका ध्यान सदैव अपने लाभ-हानि की ओर ही केन्द्रित रहता है। यह एक बड़ी भूल है कि व्यक्ति दूसरों को अपने लाभ-हानि की ओर आकर्षित करना चाहता है। यदि दूसरों से वार्तालाप करते समय उनकी लाभ-हानि के संबंध में वार्तालाप किया जाए तो वे इस ओर सहज ही आकर्षित हो जाएंगे। साथ ही साथ यदि उन्हें आपका प्रस्ताव लाभप्रद लगा तो उसे स्वीकार भी कर लेंगे। हमारे दैनिक जीवन में अनेक घटनाएं इस प्रकार की घटित होती रहती हैं। जब हम किसी अन्य व्यक्ति से कुछ ऐसा कार्य करवाना चाहते हैं, जो सहज में

वह व्यक्ति करने को तैयार नहीं है, अनेक तर्कों और आग्रहों के उपरांत भी कभी-कभी हम कुछ कार्य करवाने में असफल रह जाते हैं। ऐसी परिस्थिति में यदि इस सूत्र का प्रयोग किया जाए तो कई स्थानों पर अत्यधिक सकारात्मक परिणाम मिल जाते हैं। अपनी लाभ और हानि की बात कहकर किसी व्यक्ति से सहानुभूति के दो शब्द प्राप्त किए जा सकते हैं। कुछेक व्यक्ति जिनकी धारणा पहले से ही आपके पक्ष में बनी हुई है वैसे लोग शायद आपकी कुछ सहायता भी कर सकते हैं परन्तु ऐसे मामले बहुत कम ही होते हैं यह मनुष्य का स्वभाव है कि वह अपनी लाभ और हानि की तरफ ही अत्यधिक आकर्षित होता है। जब हम किसी से भी कुछ कार्य करवाने की दृष्टि से कुछ कहते हैं तो मधुरता, विनम्रता और उसकी प्रशंसा के अतिरिक्त उसके लाभ और हानि को भी प्रत्यक्ष अथवा परोक्ष रूप से प्रदर्शित करने का अथवा बताने का प्रयत्न करना चाहिए। जिसमें वह व्यक्ति यह जान जाए कि ऐसा करने में उसका भी कुछ लाभ है। ऐसी दशा में उस व्यक्ति द्वारा आपके कार्य को कर देने की संभावना अत्यधिक बढ़ जाती है। कुछ अज्ञानी व्यक्ति जो इस मूल सूत्र को भली-भांति नहीं जानते हैं, ऐसा सोचते हैं कि उनके लाभ-हानि से दूसरे भी संबंधित रहें। परन्तु जब वे ऐसा नहीं पाते हैं तब वे दूसरे व्यक्ति के विरुद्ध अनेक आरोप और लांछन लगाते हैं। सामान्यतः ऐसी घटनाएं प्रत्येक व्यक्ति के जीवन में बराबर घटित होती रहती है। आपको कोई आवश्यक सूचना अपने उच्च अधिकारी अथवा मुख्यालय में भेजना हो और उस कार्य से संबंधित सूचना आपके कार्यालय मे इसलिए तैयार न हो सकी क्योंकि आपका कोई अधीनस्थ कर्मचारी उस दिन किसी अपने आवश्यक कार्यों में लगा रहा और वह कार्यालय आया ही नहीं दूसरे दिन जब वह व्यक्ति कार्यालय आया, पूछे जाने पर उसने बताया कि अमुक आवश्यक कार्य के कारण वह कल कार्यालय नहीं आ सका था। जब आप उससे इस बात की चर्चा करेंगे कि कल जो महत्त्वपूर्ण सूचनाएं मुख्यालय अथवा उच्च अधिकारियों के पास भेजनी थीं वह मात्र इसलिए नहीं भेजी जा सकीं क्योंकि वह व्यक्ति कल अनुपस्थित था। ऐसी स्थिति में आप तो चिंतित हैं कि मुख्यालय अथवा उच्च अधिकारियों द्वारा आपके विरुद्ध कहीं कोई कार्यवाही नहीं हो जाए और यदि आप ऐसा सोचते हैं कि वह व्यक्ति भी आपके विचार से प्रेरित होकर चिंतित रहे तो यह संभव नहीं है क्योंकि वह व्यक्ति तो आपकी इस समस्या से थोड़ा भी सम्बद्ध नहीं है। उसे तो अपने एक साधारण कार्य आपकी इतनी बड़ी समस्या से महत्त्वपूर्ण लगता है। वह व्यक्ति अंत तक आपको यही समझाने का प्रयास करेगा कि उसका कल अनुपस्थित रहना अनुचित नहीं था। कार्यालय, व्यवसाय और दुकान के अतिरिक्त व्यक्ति के पारिवारिक जीवन में भी सदैव इस सूत्र की महत्ता बनी रहती है। मैंने तो कई स्थानों पर इसे व्यवहार में लाया है और इसके अच्छे परिणाम सामने आए हैं।

बात उस समय की है जब हमारे शहर में मात्र कुछ ही दिन पूर्व टेलीविज़न आया था। अभी तो शहर में कुछेक लोगों ने ही टेलीविज़न खरीदा था। देहाती क्षेत्रों के लिए यह आश्चर्य की वस्तु थी। उन्हीं दिनों हमारे एक संबंधी जो आर्थिक दृष्टिकोण से अधिक समृद्ध और सुदृढ़ हैं अपने परिवार सहित देहात से पत्नी की चिकित्सा हेतु यहां आए थे। मात्र कुछ ही दिनों पूर्व मैंने भी एक टेलीविज़न खरीदा था। उनके साथ उनकी पत्नी के अतिरिक्त उनकी एक पुत्री जिसकी आयु लगभग अठारह वर्ष की थी और एक पुत्र जिसकी आयु लगभग पांच वर्ष की होगी, सभी आए थे। उनका छोटा लड़का अत्यधिक नटखट था। आते ही उस ग्रामीण परिवार को मेरे घर में कई छोटी-मोटी ऐसी वस्तु दिख पड़ी, जिनकी और उनकी दृष्टि अनायास चली गई। उस नटखट बालक ने कुछ छोटे सामानों पर हाथ सफाई शुरू कर दी। एक फोटो का शीशा तोड़ डाला, टेलिफोन को पटक मारा। मैं कहीं बाहर गया था। जब मैं घर लौटा तो मैंने देखा कई सामान फर्श पर बिखरे पड़े हैं। मुझे बताया गया कि उनके इस नटखट बालक ने परेशान कर रखा है। भोजनोपरांत उस दिन दूरदर्शन पर कोई फिल्म दिखाया जाना था। जब खा-पीकर सभी लोग टी.वी. के समीप बैठ गए तो उस बालक ने पुनः अपनी कार्रवाई शुरू की। इस बार उसका लक्ष्य हमारा टेलिविजन था। मेरी पत्नी और बच्चों ने तो समझ लिया कि आज टेलिविजन टूट कर ही रहेगा। वह बालक बार-बार उसके पास चला जाता था और उसके स्विच को इधर-उधर घुमा देता था। कभी-कभी उसके शीशे को भी दोनों हाथों से छू देता था। मैं सोचने लगा यदि इस बालक के माता-पिता से उसको पकड़ने को कहा जाए, तो वे ऐसा अनुभव करने लगेंगे कि शायद मैं उसे टेलिविज़न से दूर रखना चाहता हूं और भी कुछ ऐसी बातें सोच सकते थे, जो प्रायः देहाती परिवारों में सोचा जाता है कि उनके पास टेलिविज़न नहीं है इसीलिए मैं उनके लड़के को टेलीविज़न से दूर रखना चाहता हूं। मेरी पत्नी ने इन सब बातों को बिना सोचे-समझे उस बालक की मां की ओर देखकर कहा–इसे पकड़ लीजिए, बड़ा नटखट है। उस दम्पति पर उसका कोई प्रभाव नहीं पड़ा। वह बालक पूर्ववत् ही उछल-कूद मचाता रहा। तब मैंने बड़ी नम्रता से उसके पिता की ओर देखते हुए कहा, इस बालक को पकड़ लीजिए, बार-बार टेलीविज़न के नज़दीक जा रहा है। टेलीविज़न को इतना समीप से देखने से आंखें खराब होती हैं, इसका असर आंखों पर बहुत बुरा होता है। तब उनको भी याद आया कि उन्होंने भी ऐसा ही कहीं पत्र-पत्रिकाओं में पढ़ा है। अब वे बालक के आंखों पर पड़ने वाले प्रभाव की तरफ सोचने लगे। तब उन्होंने उस बालक को अपनी गोद में पकड़ लिया। उसे समझाने लगे कि उसके नज़दीक जाने पर आंखों पर प्रभाव पड़ता है, दूर से ही देखो। पर वह बालक कहां मानने वाला। उनकी गोद में भी वह शांत न था। उछल-कूद मचा रहा था। मैं डर रहा था कि इस बार यदि वह छूटा

तो निश्चय ही टी.वी. का सर्वनाश कर देगा। परन्तु उसकी आंखों की चिंता ने उसके पिता को इतना प्रभावित कर दिया कि उनकी पकड़ और दृढ़ हो गई। पूरे फिल्म के अंतराल में उन्होंने उसे एक बार भी नहीं छोड़ा। फिल्म समाप्त होते ही टी.वी. बंद कर हम सभी उस कमरे से बाहर निकल आए। और मैंने संतोष की सांस ली कि आज हमारा टी.वी. बच गया। यह घटना और बात बहुत छोटी है परन्तु ऐसी घटनाएं सभी परिवार में घटित होती रहती हैं। कभी कोई दूसरा बालक खिलौने तोड़ देता है, खिड़कियों के शीशे फोड़ देता है आदि। आप इतने विवश हो जाते हैं कि कभी-कभी चाहते हुए भी उसे मना नहीं कर सकते हैं। जब उसके हानि की बात उसे आप समझाएंगे तब उसके माता-पिता को बुरा नहीं लगेगा। और बात जल्दी समझ में आ जाएगी। साथ-साथ आप अपनी हानि से भी बच जाएंगे। यह एक साधारण प्रवृत्ति है कि व्यक्ति मात्र अपने ही लाभ-हानि में अत्यधिक रुचि रखता है।

जब बोलने की बात हम करते हैं तो हमें यह जानना चाहिए कि हमारे शब्द ही हमारे सबसे अधिक दृढ़ माध्यम हैं, जिनसे हम अपने विचारों को व्यक्त कर सकते हैं। परंतु कभी-कभी ऐसा होता है कि हमारा मौन रहना उससे भी अधिक दृढ़ और प्रभावशाली हो जाता है। यह आवश्यक है कि व्यक्ति जाने कि उसे कब क्या बोलना चाहिए। इसके साथ-साथ उसे यह भी जानना चाहिए कि उसे कब नहीं बोलना चाहिए अर्थात् मौन रहना चाहिए। कुछ लोग सत्य और मधुर वचन बोलकर भी कभी-कभी कुछ ऐसी समस्याएं उत्पन्न कर देते हैं जो उनके मौन रहने पर शायद उत्पन्न ही नहीं होती। व्यक्ति के मौन में उसके शब्दों से भी अधिक शक्ति है। महात्मा बुद्ध जब अपना धर्म प्रचार कर रहे थे, वे अत्यधिक विनम्र और मधुर भाव से बोलते थे। परंतु कई विषयों के संबंध में तर्कों से दूर रहना ही पसंद करते थे। ईश्वर के संबंध में पूछे जाने पर उनका उत्तर मौन ही होता था। उन्होंने अपने मौन से लोगों को अपनी इच्छानुसार उत्तर निकालने को प्रेरित कर दिया। कई दूसरे महापुरुषों ने भी कई विषयों पर मौन ही रहना उचित समझा। क्योंकि मौन में अत्यधिक शक्ति है। इससे आपके मन को शांति मिलती है। दूसरे व्यक्ति भी आपके बल और प्रभुत्व का अनुमान लगाते हैं। अधिक बोलने वाले सदैव ही कुछ ऐसी बातें बोल देते हैं जो उन्हें नहीं बोलना चाहिए था और उसका परिणाम उनके पक्ष में नहीं जाता है। पहले तोलिए, फिर बोलिए। सोचिए क्या बोलना चाहिए, क्या नहीं बोलना चाहिए, इस पर आपकी सफलता निर्भर करती है। वाणी वह बाण है जो एक बार जीभ रूपी धनुष से निकलकर पुनः लौटकर नहीं आता है। इसमें वह शक्ति है कि इससे घायल व्यक्ति शीघ्र स्वस्थ नहीं हो पाता। इस बाण का प्रयोग अकारण नहीं कीजिए, आवश्यकता हो तो बोलिए, जितनी आवश्यकता है उतना ही बोलिए। जहां नहीं बोलना है वहां मौन रहिए। आपका शब्द जो किसी को प्रफुल्लित

कर सकता है वहीं किसी को चोट भी पहुंचा सकता है। इतने महत्त्वपूर्ण अस्त्र का प्रयोग अकारण मत कीजिए। अधिक बोलने वाले व्यक्ति साधारणतः अपनी ही बड़ाई, प्रत्यक्ष अथवा परोक्ष रूप से किया करते हैं। उनका ऐसा करना दूसरों के समक्ष उनके छिछलापन का बोध कराता है। उनका ऐसा करना सुनने वाले को भी बहुत अच्छा नहीं लगता है। इससे व्यक्ति का अहंकार झलकता है। अहंकार उसकी अज्ञानता का द्योतक है जो उसकी सफलता की दौड़ में सदैव बाधक बनकर सामने खड़ा हो जाता है। इससे बचिए। मनुष्य अपने सम्पूर्ण जीवन में कुछ-कुछ सीखता ही रहता है। इस लेख में बोलना न बोलना, क्या और कैसे बोलने के संबंध में जो बातें बताई गई हैं, वे पढ़ने और सुनने में जितनी सरल लग रही हैं उतना सरल नहीं है। फिर भी अभ्यास से इन्हें सरल बनाया जा सकता है। प्रतिदिन मात्र एक-दो घंटे ही अपने परिवार में ही इन बातों पर अभ्यास कीजिए। तीन-चार वर्षों में आप स्वयं ऐसा अनुभव करने लगेंगे कि आपने इस क्षेत्र में अच्छी प्रगति कर ली है। आपका यह अभ्यास स्वतः आपके घर से निकलकर आपके कार्यालय, दुकान और व्यावसायिक प्रतिष्ठान में पहुंच जाएगा। कुछ ही दिनों में आप अनुभव करने लगेंगे कि आपके बोलने की कला में परिवर्तन हो जाने के कारण आपके शुभचिंतकों की संख्या में निरंतर बढ़ोतरी हो रही है। आपके अनेक कार्य जिन्हें सम्पन्न करने में पहले अधिक कठिनाई होती थी, अब सरलता से सम्पन्न होने लगे हैं परिवार में पहले से अधिक सुख-शांति दृष्टिगोचर होने लगेगी। सभी तरफ आपको स्वयं प्रगति के मार्ग मिलते जाएंगे। दूसरों की दृष्टि में आपकी भी मर्यादा बढ़ेगी। लोकप्रियता के इस मोहनी मंत्र का उपयोग यथाशीघ्र कर आप अपनी सफलता के जटिल और कठिन मार्ग को सरल बना सकते हैं।

कठिनाइयों से मत भागिए

जीवन फूलों की सेज नहीं है। यह तो कांटों का ताज है। इन्हीं कांटेदार पौधों में रंग-बिरंगे और सुहाने फूल भी खिलते हैं। यह उस माली की पटुता और परिश्रम पर निर्भर करता है कि वह कांटों से अपनी सुरक्षा करते हुए फूलों को ऐसा सजाए कि उसके साथ-साथ देखने वालों को भी फूलों की ही सुंदरता और मधुरता दृष्टिगोचर हो। कांटे तो बने ही हैं फूलों की सुरक्षा के लिए। इन्हीं कांटों ने तो गुलाब को फूलों का राजा बनाया। यह मरुउद्यान में भी जी लेता है। कांटों पर पलता है और सम्पूर्ण विश्व को अपनी सुंदरता और सुगंध से मोहित कर लेता है।

मानव-जीवन भी कुछ-कुछ इसी प्रकार मिलता जुलता है। सुख और दुःख, अभाव और प्रचुरता दोनों ही साथ-साथ चलते हैं, फलते हैं और बढ़ते हैं। दोनों की महत्ता व्यक्ति के व्यक्तित्व के विकास में महत्त्वपूर्ण स्थान रखता है, सुख अर्थात् सुलभता, दुःख अर्थात् कठिनाई। प्रत्येक व्यक्ति का ऐसे सुलभ कार्यों के प्रति आकर्षित होना स्वाभाविक है, जो सरलता से सम्पन्न किए जाएं और उसमें शत-प्रतिशत सफलता मिलने की संभावना हो। ठीक इसके विपरीत दुर्लभ और कठिन कार्यों के लिए विकर्षण भी होना स्वाभाविक है। मानव में आलस्य निद्रा और प्रमाद जैसे तमोगुणी भावों की उपस्थिति सदैव रहती है। यह व्यक्ति विशेष पर निर्भर करता है कि वह अपने भीतर इन भावों की उपस्थिति में भी उनसे अपने को बचाते हुए जीवन-पथ पर अग्रसर होता रहे। इनसे पूर्णतः मुक्ति पा लेना तो कठिन है, पर इन्हें अपने वश में कर लेना उतना कठिन नहीं है। विश्व में जितने भी महान् एवं सफल व्यक्ति हुए हैं, चाहे उनका क्षेत्र जो भी रहा हो, उन लोगों ने इन तमोगुणी प्रवृत्तियों पर अवश्य विजय प्राप्त की है। मनुष्य मात्र अभ्यास से ही इन पर विजय प्राप्त कर सकता है।

व्यक्ति के विकास की कहानी तो प्रत्येक दिन उसकी दिनचर्या से प्रारंभ होती है। जीवन की प्रारंभिक दौड़ से ही प्रत्येक व्यक्ति कई ऐसे कार्यों को करता है जिनमें वह एक बार ही नहीं अपितु अनेक बार असफल होता है। एक नन्हा शिशु जब खड़ा होना सीखता है तो वह कितनी बार गिरता है। बहुत बार गिरने के उपरांत बालक निराश हो

जाता है, पर उसके माता-पिता या अभिभावक सभी उसे प्रोत्साहित करते रहते हैं। वह फिर खड़ा होता है और फिर गिरता है। प्रोत्साहन का कार्य भी इसी प्रकार निरंतर चलता ही रहता है। वह खड़ा भी हो रहा है और गिर भी रहा है। पर इसका अन्त क्या होता है? बालक का परिश्रम और उसका आत्म-विश्वास, उसके भीतर कठिनाइयों से लड़ने की शक्ति और उसके माता-पिता या अभिभावक से मिलने वाला प्रोत्साहन, सभी मिलकर उसे सफल बनाकर ही छोड़ते हैं और इसी का यह परिणाम है कि हम सभी आज खड़े होकर अपने दोनों पैरों पर चल रहे हैं। यह बड़े खेद का विषय है कि व्यक्ति की आयु जैसे-जैसे बढ़ती जाती है उसका मन कठिन कार्यों के विपरीत दिशा में भागता रहता है। आयु बढ़ जाने के उपरांत उसे कोई प्रोत्साहित करने वाला भी नहीं रहता है। अधिकांश निर्णय उसे अपने-आप ही अकेला लेना पड़ता है। प्रत्येक व्यक्ति को प्रतिदिन अनेक निर्णय लेना पड़ता है यदि ऐसा कहा जाए कि व्यक्ति प्रत्येक क्षण निर्णय लेता ही रहता है तो इसमें अतिशयोक्ति नहीं है। निर्णय लेते समय अथवा कोई कार्य करते समय कुछ लोग बराबर कठिन कार्यों को टाल जाते हैं। सरल कार्यों के प्रति बड़ी आतुरता से निर्णय लेते हैं। उसका कार्यान्वयन भी शीघ्र कर देते हैं। इसके विपरीत जिस कार्य में अधिक समय, अधिक श्रम अथवा अधिक समस्याओं के उत्पन्न होने की संभावना होती है उसे प्रारंभ ही नहीं करते हैं, और भविष्य के लिए टाल जाते हैं। उन्हें ऐसा लगता है कि अमुक कार्य में अधिक श्रम, चातुर्य और समय की आवश्यकता होगी। तदुपरांत भी सफलता की निश्चितता उन्हें नहीं दीख पड़ती है अथवा वे वैसे कार्यों को ही करना चाहते हैं जिनके सफल सम्पादन पर उन्हें पूर्ण विश्वास है। कठिनाइयों को टालने की प्रवृति व्यक्ति में धीरे-धीरे बढ़ती जाती है। वह आज जिन कार्यों को कल के लिए टालता है, कल फिर उन्हें परसों के लिए टालता है और यही क्रम उस समय तक चलता रहता है जब तक वह उसे चला सकता है। ऐसे अधिकांश कार्य व्यक्ति की प्राथमिकता से सदैव के लिए हट जाते हैं। कभी-कभी लाचारी में यदि उसे करना भी पड़ता है तो व्यक्ति पहले से ही उन कठिन कार्यों के प्रति इतना उदासीन और भयभीत रहता है कि उसकी सफलता की संभावनाएं अत्यधिक क्षीण हो जाती हैं। वह नित्य छोटे-मोटे कार्यों को सफलता से सम्पादन कर उनके संबंध में अपनी सफलता का गुणगान करता है। पर जिन कार्यों को वह टाल जाता है उनके संबंध में बात करना भी उचित नहीं समझता है।

कठिन कार्यों से जी चुराना, उन्हें बार-बार टालते जाना धीरे धीरे व्यक्ति की आदत बन जाती है। यह वस्तु उसके स्वभाव में प्रविष्ट हो जाती है। उस कार्य के स्मरण होते ही उसके भीतर असफलता की भावना आ जाती है और उससे बचने के लिए वह कोई न कोई बहाना ढूंढ़ निकालता है। यह व्यक्ति के व्यक्तित्व के विकास में एक बाधा है। ऐसा देखा जाता है कि कई कार्यों को जिन्हें मात्र

दो-चार दिन के लिए टाला जाता है उन्हें आजीवन सम्पादित नहीं किया जा सका। यह व्यक्ति की सबसे बुरी आदतों में से एक है जो उसकी सफलता की दौड़ में उसे पीछे खीचती है। कार्य छोटा हो अथवा बड़ा, सरल हो अथवा कठिन, उसमें सफल होने की संभावनाएं अधिक हो अथवा कम, जब व्यक्ति प्राथमिकता के आधार पर कार्यों का वर्गीकरण करेगा, उन्हें प्रारंभ करेगा, तो उसका सम्पादन करना भी सरल हो जाएगा। यदि आप कार्य से जी चुराने लगेंगे, आवश्यक और उच्च प्राथमिकता वाले कार्यों को छोड़कर अल्प प्राथमिकता वाले कार्यों पर इसलिए ध्यान देने लगेंगे, क्योंकि पहला कार्य कठिन और जटिल है, तो ऐसी स्थिति में व्यक्ति की प्राथमिकता ही बदल जाती है। प्राथमिकताओं के बदल जाने से उसके द्वारा किए गए कार्यों के परिणाम से वह फल नहीं प्राप्त हो सकता है जिसको ध्यान में रखकर उसने अपनी प्राथमिकता बनाई थी।

मनुष्य अपने आस-पास के प्राकृतिक वातावरण को यदि सावधानी से देखें, उससे सीखने का प्रयास करे तो अनेक प्राकृतिक नियमों को वह बड़ी सरलता से ग्रहण कर सकता है। बरसात के दिनों में चींटियों को कतारबद्ध रूप में एक साथ एक स्थान से दूसरे स्थान पर जाते हुए आपने अवश्य देखा होगा। कुछ बच्चे खेल-खेल में इनके मार्गों में अवरोध उत्पन्न करने का खेल खेलते हैं। वे किसी छोटी वस्तु को उनके मार्ग में रख देते हैं, चींटियां अपना मार्ग बदल लेती हैं। वे उस वस्तु के बगल से जाने लगती हैं, फिर थोड़ी देर जाकर वे पुनः अपने मार्ग को पकड़ लेती हैं। बच्चों द्वारा उत्पन्न किए गए अवरोधों से उन्हें कोई विशेष हानि नहीं होती है। यदि अपने वैचारिक जीवन में हम इस छोटी-सी घटना से कुछ सीख लें तो हमें बड़ा लाभ होगा। जैसे चींटियां कठिनाइयों के कारण जाना नहीं छोड़ती हैं, हम भी कठिन कार्यों से डरें नहीं उनमें लगे रहे, उन्हें कल पर नहीं टालें, तो निश्चय ही हम अपने भीतर ऐसी शक्ति उत्पन्न कर सकते हैं कि हम इन कार्यों को सुचारू रूप से सम्पादित कर सकें। कठिन कार्यों से जी चुराने की प्रवृति छात्र जीवन से ही बालक प्रारंभ कर देते हैं। अपने स्कूली जीवन में जब कोई गणित, विज्ञान अथवा किसी भी विषय से संबंधित कोई कठिन प्रश्न अथवा प्रसंग छात्रों के पास आता है तो उसे झट छोड़कर आगे बढ़ जाते हैं। इसके विपरीत कुछ ऐसे भी बालक होते हैं जो उन कठिन प्रश्नों को हल करने के उपरांत ही अगला पाठ प्रारंभ करते हैं। परंतु अधिकांश बालक जो नहीं समझ पाते हैं अथवा जिन प्रश्नों के उत्तर उन्हें कठिन और जटिल प्रतीत होते हैं उन्हें बिना हल किए ही दूसरे पाठ में बढ़ जाते हैं। यही मनोवृत्ति वैसे बालक अपने व्यावहारिक जीवन में भी उतार लेते हैं। यह एक बहुत बुरी मनोवृत्ति है और इसका त्याग करना चाहिए। यदि आप अपने व्यक्तित्व का विकास करना चाहते हैं तो इस आदत से मुक्ति पाने का प्रयास कीजिए। किसी कार्य को

प्रारंभ करने के पहले ऐसा मत सोचिए कि यह कार्य कठिन और जटिल है तथा इसमें सफल होना कठिन है। सोचिए यह कि इस कार्य को कैसे सम्पादित किया जा सकता है। कैसे इसके परिणाम को अपने पक्ष में घुमाया जा सकता है। परिश्रम से बचने की बात मत सोचिए, कार्य समाप्त करने की बात सोचिए। कल के भरोसे पर किसी कार्य को टालने से कहीं अच्छा है आज ही उसे प्रारंभ कर दें। किसी ने कहा है :

"काल करे सो आज कर, आज करे सो अब।
पल में परलय होएगी, बहुरि करोगे कब।।"

जब आप कार्य प्रारंभ कर देंगे तो अनेक नए-नए मार्ग आपको दिखाई पड़ने लगेंगे। जब किसी कार्य के संबंध में आप विवेकपूर्ण निर्णय ले लेंगे तो निश्चय ही उसके सम्पादन के अनेक मार्ग आपके समक्ष उपस्थित हो जाएंगे। कार्यों से भागिए नहीं, उनमें हाथ लगाइए ऐसा हो सकता है कि किसी कार्य में आपको शीघ्र सफलता नहीं मिले, परन्तु यदि व्यक्ति कार्य में अपने को लगाए रखेगा तो बार-बार असफलता होने के बाद भी अन्त में सफलता उसी की होगी। आवश्यकता है उत्साह से काम में लगे रहने की।

किसी भी कार्य को प्रारंभ करने के पूर्व यदि व्यक्ति उसे सकारात्मक दृष्टि से न देखकर नकारात्मक दृष्टि से देखेगा तो उसे विघ्न-बाधा और कठिनाइयों के अतिरिक्त कुछ भी दिखाई नहीं देगा। ऐसी दशा में कार्य की कठिनाई और जटिलता वास्तविकता से और अधिक कठिन और जटिल बनकर व्यक्ति के समक्ष उपस्थित हो जाएगी। इतना कठिन और जटिल की वह व्यक्ति उसे छूने की हिम्मत तक नहीं जुटा पाएगा और वह अपने अंदर उस कार्य को न करने के पक्ष में अनेक तर्क ढूंढ़ने लगेगा। ऐसी स्थिति में उसका आत्म-विश्वास समाप्त हो जाता है। उसमें अब कार्य के प्रति उत्साह उत्पन्न नहीं हो पाता है। सदैव उसके सम्मुख उसके पराजित होने की छवि उपस्थित हो जाती है। इसका प्रभाव व्यक्ति द्वारा किए जाने वाले अन्य कार्यों पर भी पड़ता है। वह कार्यों से भागने लगता है। अपने द्वारा कार्य न प्रारंभ करने के अनेक तर्क ढूंढ निकालता है और उनसे अपने विवेक को ढककर मन के तुष्टिकरण हेतु प्रयास करता है। विवेक को उचित दिशा में कार्य नहीं करने देना, उचित मार्ग पर बढ़ने में बाधा उत्पन्न करना, विवेक को नष्ट करना ही हुआ। व्यक्ति यदि विवेक को ही नष्ट कर देगा तो उसके पास क्या बच जाएगा? उसके सारे विकास के केन्द्र में तो विवेक ही विद्यमान है।

इसके विपरीत यदि प्रत्येक विषय पर वह सकारात्मक दृष्टिकोण रखे तो कार्यों में उत्पन्न होने वाले विघ्न-बाधा भी उसे सरल और सहज प्रतीत होते हैं। कठिनाइयां ऐसी लगती हैं जिन पर थोड़े प्रयास से विजय पाई जा सकती है। व्यक्ति उस कार्य को करने के अनेक उपाय ढूंढ़ने लगता है। इसी दिशा में वह अपनी बुद्धि और विवेक का संचालन

करता है। कार्य के प्रति श्रद्धा, प्रेम और उत्साह उत्पन्न करने की चेष्टा करता है, वही कार्य जो पहले जटिल और कठिन प्रतीत होता था अब मन में उत्साह के भर जाने के कारण उसे उतना कठिन और जटिल नहीं प्रतीत होता है। यह तो इस तथ्य पर निर्भर करेगा कि व्यक्ति ने इस कार्य के प्रति अपने भीतर कितना उत्साह उत्पन्न किया। यदि उत्साह की मात्रा अधिक रहेगी तो बार-बार असफल होने के उपरांत भी व्यक्ति नहीं थकेगा। उसी उत्साह, लगन और तत्परता से उस कार्य को बार-बार करता जाएगा और अन्त में विजय उसी की होगी।

ऐसे जटिल और कठिन कार्यों के सफल सम्पादन पर व्यक्ति के भीतर जो सफलता की भावना उत्पन्न होती है वह उसे अन्य कार्यों के लिए भी प्रचुर ऊर्जा प्रदान करती है।

आज ही से ऐसा नियम बना लीजिए कि किसी भी कार्य को इसलिए आप नहीं टालेंगे क्योंकि उस कार्य को करने में आपको अधिक कष्ट होगा अथवा यह कार्य अधिक जटिल और कठिन है। आप मेरी बात मानिए ऐसे कार्यों को ढूंढकर उनमें हाथ लगाइए। अपने भीतर से असफलता के भय को निकाल फेंकिए। ऐसे कार्यों में असफल होने पर भी चिंता न कीजिए। कठिन और जटिल कार्य कष्टप्रद तो होते ही हैं साथ ही साथ उनमें सफलता भी शीघ्र नहीं मिलती है। कार्य के प्रति प्रेम उत्पन्न कीजिए, इससे आपके भीतर अदम्य साहस एवं उत्साह उत्पन होगा। वही उत्साह जो व्यक्ति को किसी कार्य में असफल होने के उपरांत भी उसी कार्य को बार-बार करने के लिए उसे शक्ति प्रदान करता रहता है। आपके भीतर जब ऐसी शक्ति का संचार हो जाएगा, मन उत्साह से भर जाएगा तब तो सारी चिंता ही समाप्त हो जाएगी। सैकड़ों बार असफल होने के उपरांत भी आप बिना उस कार्य में सफलता पाए रह ही नहीं सकते हैं। देखिए इसी उत्साह ने महान् वैज्ञानिक एडीसन को बिजली के बल्ब की खोज में दो सौ उन्चास बार असफल होने के उपरांत दो सौ पचासवीं बार में उसे सफल बनाया एडीसन थका नहीं। उसके भीतर उत्साह की भी कमी नहीं हुई और अपने आविष्कार के लिए अमर हो गया। आप भी ऐसा कर सकते हैं। मात्र अपने चरित्र में परिवर्तन कीजिए। ऐसे कठिन कार्यों के समाप्त होने के बाद जो सुखद अनुभव आपको प्राप्त होगा वह निरंतर आपके भीतर सफलता की ओर बढ़ने की प्रेरणा प्रदान करता रहेगा। किसी भी कार्य को इसलिए कल पर मत टालिए क्योंकि वह जटिल और कठिन है। ऐसे कार्यों में साधारण कार्यों से अधिक रुचि लेने की आवश्यकता है तभी तो उन्हें उचित ढंग से किया जा सकेगा। अपने भीतर ऐसी आदत बनाइए कि किसी कार्य से भी आपको भय नहीं लगे, आलस्य नहीं लगे। यह आपके व्यक्तित्व में निखार ला देगा, आपके भीतर आत्म-विश्वास उत्पन्न करेगा। अन्य लोगों में आपके प्रति महत्ता का भाव उत्पन्न करेगा।

मन को संयमित रखिए

आपने अवश्य सुना होगा, लोग कहते हैं, "मन के हारे हार है मन के जीते जीत" अर्थात् जो व्यक्ति अपने मन से हार गया, उसे इधर-उधर भटकने से नहीं रोक सका, वह जीवन की दौड़ में हार गया और जिसने अपने मन को जीत लिया उसे जिधर चाहा घुमा दिया, वह जीवन की दौड़ में जीत गया। मन इन्द्रियों को ले जा सकता है। अच्छे-बुरे सभी मार्गों पर व्यक्ति का मन ही उसे ले जाता है। इस कथन का विस्तृत विवेचन हमारे कई प्राचीन ग्रन्थों में उपलब्ध है। कठोपनिषद् में कहा गया है :

आत्मानं रथिनं विद्धि शरीरं रथमेव तु।
बुद्धिंतु सारथि विद्धि मन प्रग्रहमेवच।।
इन्द्रियानि हयानांहुर्विषयांस्तेषु गोचरान्।
आत्मेन्द्रिय मनोयुक्तम् भोक्तेत्याहुर्मनीषिणः।।

अर्थात आत्मा रथी है, बुद्धि उसका सारथी, शरीर रथ है, मन लगाम है, इन्द्रियां घोड़े हैं, शब्दादि विषय ही मार्ग के चरागाह हैं। शरीर इन्द्रिय एवं मनयुक्त आत्मा को भोक्ता कहते हैं। इसका अर्थ हुआ कि व्यक्ति, जो भोक्ता है वह शरीर इन्द्रियों और मन से युक्त होने के पश्चात् ही भोक्ता बनता है। मन ही लगाम है और वहीं घोड़ों को नियंत्रित करता है। जहां चाहता है उन्हें ले जा सकता है। जब चाहे उन्हें रोक सकता है। उसकी गति पर अपना पूर्ण नियंत्रण रख सकता है। जैसा कि रथ में लगाम का कार्य है। हम इन्द्रियों को वश में करने की बात सदैव करते हैं। पर भूल जाते हैं कि जब तक हम लगाम को अपने वश में नहीं रखेंगे, हमारे इन्द्रिय रूपी घोड़े कभी भी हमारे वश में नहीं आ सकते हैं। शब्द, स्पर्श, रस, रूप और गन्ध जैसे विषय हमारी इन्द्रियों को सदैव अपनी ओर आकर्षित करते रहते हैं और उनका उस ओर भागना स्वाभाविक है। इसे तो मात्र लगाम द्वारा ही नियंत्रित किया जा सकता है। बुद्धि अथवा विवेक, जिसके हाथ में लगाम सौंपा गया है हम ऐसी आशा करते हैं कि उचित-अनुचित का निर्णय करते हुए वह हमें सुचारू रूप से जीवन-पथ पर आगे बढ़ाता चले। परंतु जिस व्यक्ति की बुद्धि उसके रथ के लगाम को भली-भांति नियंत्रण में नहीं रख पाती है, लगाम बहुत ढीली हो

जाती है तो घोड़ों को अपनी इच्छानुसार इधर-उधर भागने की स्वच्छंदता मिल जाती है। जिस रथ में पांच घोड़े हों और सभी अपनी इच्छानुसार इधर-उधर भागने लगें तो रथ पर सवार व्यक्ति अपने इंगित मार्ग पर कैसे आगे बढ़ सकता है? उसका रथ निश्चय ही उलट जाएगा और उस उलटे हुए रथ को घोड़े अपनी इच्छानुसार विषय-वासनाओं के इशारे पर उठा-पटक करते हुए उसे कहीं तोड़-फोड़ कर समाप्त कर देंगे।

हमारे भौतिक जीवन में भी प्रायः ऐसा ही होता है। हमारी इन्द्रियां मन के वश में नहीं रहती हैं, व्यक्ति चाहता कुछ और है पर उसकी इन्द्रियां उसे दूसरी ओर घुमा देती है। यह सच है कि वैसा घुमाना उसे तात्कालिक आनन्द तो अवश्य देता है पर यह उसे दीर्घकालीन आनन्द से वंचित करता जाता है। दीर्घकालीन आनन्द अर्थात् उसकी सफलता जिसकी खोज में व्यक्ति विभिन्न राहों से आगे की ओर बढ़ रहा है। व्यक्ति की एकाग्रता धराशायी हो जाती है। एक विचार के स्थान पर उसकी इन्द्रियों द्वारा जनित ज्ञान से अनेक विचार उत्पन्न हो जाते हैं, उसके सामने एक पथ नहीं रह जाता है, अनेक पथ दृष्टिगोचर होने लगते हैं, अब उसके लिए पथ पर बढ़ना एक कठिन कार्य बन जाता है। जहां अनेक पथ हों सभी अलग-अलग दिशाओं को जाते हों और व्यक्ति हो एक तो निर्णय लेना कितना कठिन कार्य है।

इसका विकल्प क्या है? एक स्वस्थ और नियंत्रित मन। हम अपने शरीर को स्वस्थ रखने के लिए अनेक युक्ति लगाते हैं। प्रत्येक अंगों को स्वस्थ रखने के लिए अलग-अलग प्रकार के व्यायाम करते हैं। यदि किसी का उसके अंग पर से नियंत्रण अथवा पकड़ ढीली हो जाए तो वह विशेषज्ञ चिकित्सकों की सलाह लेता है। परंतु मन के विषय में, उसे स्वस्थ रखने की दृष्टि से उसे नियंत्रित रखने के विचार से, साधारणतः लोग न कभी प्रयास ही करते हैं और न किसी विशेषज्ञ की राय ही लेते हैं। मन को स्वस्थ और नियंत्रित करने का सरल मार्ग क्या है? एकाग्रता। एकाग्रता के विपरीत अर्थ का द्योतक शब्द है चंचलता। जब तक आप चंचलता को समाप्त नहीं कीजिएगा तब तक एकाग्रता संभव नहीं है। आधुनिक युग में अनेक पुरुष और स्त्री मन पर नियंत्रण नहीं रखने के कारण अनेक दिशाओं में भटक जाते हैं। उनकी बुद्धि और उनका विवेक मनरूपी लगाम पर नियंत्रण रखने में असफल रहने के कारण उनके जीवन रूपी गाड़ी को सफलता के मार्ग पर सुचारु रूप से आगे बढ़ाने में सक्षम नहीं हो पाते हैं।

मन बड़ा चंचल है, इतना चंचल कि यदि हम ऐसा कहें कि विश्व में इतनी चंचल कोई वस्तु नहीं है तो इसमें कोई अतिशयोक्ति नहीं होगी। गीता के अध्याय छः के 34वें श्लोक में अर्जुन ने भगवान श्रीकृष्ण से कहा है :

"चंचलम् हि मन् कृष्ण प्रमाथि बलवद् दृढ़म्
तस्याहं निग्रहं मन्ये वायोरिव सुदुष्करम्"

अर्थात् "हे कृष्ण! यह मन बड़ा चंचल, प्रथमन स्वभाव वाला, बड़ा दृढ़ और बलवान् है इसलिए उसका वश में करना मैं वायु के रोकने की भांति अत्यन्त दुष्कर मानता हूं।" आज विश्व में जो भी उन्नति अथवा अवनति हो रही है उसके लिए व्यक्ति का मन ही उत्तरदायी है। वही लगाम है और घोड़े को जिधर चाहता है, ले जा सकता है। क्रोध, चिंता, शोक, सुख, प्रसन्नता, अप्रसन्नता, ग्लानि, हीनता, ईर्ष्या, द्वेष, हर्ष और विषाद् अच्छे-बुरे सारे भावों की उत्पत्ति व्यक्ति के मन से ही होती है। मन में उत्पन्न होने वाले भाव स्वतः उत्पन्न होते रहते है। जब व्यक्ति का नियंत्रण मन पर से समाप्त हो जाता है तब मन स्वच्छंद भ्रमण करने लगता है तो इस चंचल वस्तु में अनेक भाव उत्पादक शक्तियां आ जाती हैं अनेक भावों का अर्थ हुआ अनेक दिशाओं में खींचना। जब व्यक्ति अनेक दिशाओं में खींचता जाएगा तो उसकी सफलता उससे दूर होती जाएगी। मन को वश में करना उस समय तक संभव नहीं है, जब तक उसकी चंचलता को समाप्त नहीं किया जाए। पर यह कोई साधारण कार्य नहीं है। अध्यात्म के अतिरिक्त विश्व के अन्य सभी तथ्यों पर भी इसका प्रभाव पड़ता है। यदि इसके भौतिक पक्ष को ही देखें तो मन की चंचलता व्यक्ति को अनेक उलझनों में फंसाती रहती है। जैसे छोटे-छोटे अनेक जल-स्रोत एक स्थान पर मिलकर एक बड़ी नदी का रूप ले लेते हैं, फिर आगे बढ़कर यदि उस नदी की अनेक धाराएं विभिन्न दिशाओं की ओर चली जाएं तो नदी का अस्तित्व ही समाप्त हो जाएगा। यही दशा व्यक्ति के व्यक्तित्व के विकास की है। जब व्यक्तित्व का विकास ही नहीं होगा तो फिर सफलता कैसे होगी? एक सुंदर और दृढ़ व्यक्तित्व के विकास के लिए मन को एक दिशा में दृढ़ करना आवशयक है। मन की अतिशय चंचलता से ही अनेक मानसिक रोगों की उत्पत्ति होती है, निराशा, हीनता, मन पर बोझ उन्माद आदि। ऐसे तो आज के चिकित्सा-विज्ञान में इन मानसिक रोगों के चिकित्सा का प्रबंध है परन्तु मन एक स्थूल वस्तु नहीं है, उसका कोई रूप अथवा आकार नहीं है। इसे शरीर को चीर-फाड़ कर नहीं देखा जा सकता है। यह एक अव्यक्त सूक्ष्म तत्त्व है। जिसके संबंध में भारत के प्राचीन मनीषियों ने गहन अध्ययन एवं शोध किया था। यही उनका विषय था। पर आज उनके अध्ययन से निकले परिणाम लुप्त होते जा रहे हैं। इतने सरल और सुलभ दृष्टि से उन प्राचीन मनीषियों ने इस जटिल विषय पर अपने विचार दिए हैं कि उन्हें पढ़ने और समझने के उपरांत इस सूक्ष्म वस्तु की प्रत्येक सूक्ष्मता आपके समक्ष स्पष्ट हो जाती है। विश्व के अन्य भागों में भी अपने-अपने प्रकार के दर्शन प्रचलित हुए। प्राचीन काल से आज तक सम्पूर्ण विश्व में

जितने भी मनीषी विद्वान और ज्ञानी जन हुए सभी लोगों ने किसी न किसी गहन विषय पर गंभीर विचार दिए। अधिकांश विदेशी मनीषियों और विद्वानों का विषय भारतीय विद्वानों से भिन्न है। भारत के प्राचीन दर्शनों एवं ग्रन्थों में विशेषकर मन को नियंत्रित करने की दिशा में जितने विचार दिए गए हैं वैसा विश्व में अन्यत्र कहीं नहीं मिलता है। उन विद्वानों का मुख्य विषय ही था–आत्मा, परमात्मा एवं मन की शांति आदि। आज के भौतिक जगत में जब हम सुख-शांति की बात करते हैं तो हम धन से सुख और नियम-कानून से शांति की बात सोचते हैं। हमारे प्राचीन मनीषियों ने वैयक्तिक शांति में ही सामाजिक और राष्ट्रीय शांति को निहित देखा। आज के अस्त्र-शस्त्र, गरीबी-अमीरी, आधुनिक विज्ञान और कला आदि विषयों से परे रहकर उन्होंने मात्र अपने जीवन को व्यक्ति के मन की शांति को पाने के लिए ही समर्पित कर दिया। हममें से अधिकांश व्यक्ति उन पुस्तकों को पुरानी और व्यर्थ समझकर देखने का भी कष्ट नहीं करते हैं। आप निष्पक्ष भाव से उन पुस्तकों को पढ़ें और दिए गए सूत्रों को आज के आधुनिक मानव के कार्यकलाप और परिवेश में रूपांतरित करें, तो आप को ऐसा लगेगा कि शताब्दियों के बीत जाने के बाद भी आज जब मनुष्य की आवश्यकताएं उस काल से भिन्न हैं, उसकी सफलता के मापदंड में अनेक परिवर्तन हो चुके हैं, आज की व्यापारिक सभ्यता में कार्यों का बंटवारा भी हो चुका है, इस प्रकार के अनेक क्रांतिकारी परिवर्तनों के उपरांत भी, वे ही पुराने सूत्र अभी भी जांचे-परखे और अत्यधिक प्रभावशाली सिद्ध होते हैं वे आज भी हमारे जीवन के प्रत्येक क्षेत्र में उतने ही प्रासंगिक हैं जितने उस समय थे, जब उनकी रचना हुई थी। उन ग्रन्थों की प्रासंगिकता में सहस्त्रों वर्ष बीत जाने के उपरांत भी कोई कमी नहीं आई। आज विश्व इतनी तेज़ी से भाग रहा है कि आज के मनीषियों और विद्वानों के विचार कल अप्रासंगिक बन जाते हैं परंतु हमारे दर्शन में अनेक ऐसे प्राचीन सूत्र विद्यमान हैं जो आज भी उतने ही प्रासंगिक हैं, जितने पहले थे। गीता के अध्याय छ: के श्लोक संख्या 36 में श्रीकृष्ण ने इस चंचल मन को वश में करने की जो साधारण युक्ति उस समय दी वह निम्न प्रकार है:

“असंशयं महाबाहो मनो दुर्निग्रहं चलम्,
अभ्यासेन तु कौन्तेय वैराग्येण च गृहयते।”

अर्थात् “हे महाबाहो, निःसंदेह मन चंचल और कठिनता से वश में होने वाला है परंतु हे कुन्ती पुत्र अर्जुन, यह अभ्यास और वैराग्य से वश में होता है।” अभ्यास का अर्थ होता है एक ही कार्य को बार-बार करना अर्थात् मन को किसी लक्ष्य विशेष में तदाकार करने के लिए उसे अन्य विषयों से खींच-खींचकर बराबर उस विषय में लगाने के लिए किए जाने वाला प्रयत्न। वैराग्य का अर्थ होता है: सम्पूर्ण विषयों से अपने को

मुक्त करना। प्राचीन मनीषियों के पास आज जैसे अनेक विषय उपलब्ध नहीं थे। आज हमारे पास असंख्य विषय हैं। मानव की सफलता के असंख्य रास्ते खुले पड़े हैं, खेल-कूद, कला-विज्ञान, वाणिज्य-व्यापार, समाज सेवा, राजनीति आदि। प्राचीन मनीषियों ने सदैव वैराग्य का अर्थ प्रत्येक विषयों से अपने मन को खींचकर परमात्मा में विलीन करने को लगाया, क्योंकि वही उनका मुख्य विषय था। आज के परिवेश में उन सूत्रों को लीजिए। आज व्यक्ति जितना परिश्रम परमात्मा के पाने के लिए नहीं कर रहा है उससे कहीं अधिक परिश्रम वह अपनी भौतिक सफलता के लिए कर रहा है। अब तो परमात्मा का उपयोग भी व्यक्ति भौतिक सफलता के लिए ही करता है, पूजा-पाठ, प्रार्थना, अर्चना सभी कुछ तो व्यक्ति सफलता के लिए ही कर रहा है। भगवान से भी वह सफलता ही मांगता है। वह भली-भांति जानता है कि भगवान धन का व्यापार नहीं करते हैं, फिर भी अधिकांश लोग भगवान से धन ही मांगते हैं, कोई व्यापार में उन्नति मांगता है, कोई परीक्षा में उत्तीर्ण होना चाहता है तो कोई समृद्धि चाहता है, तो कोई प्रतिष्ठा। आज व्यक्ति यही सब कुछ भगवान से मांगता है। सब कुछ जानते हुए सभी प्राचीन ऋषि-मुनि और मनीषियों की भांति वह परमात्मा में विलीन होने की बात नहीं सोचता है। मोक्ष के स्थान पर अर्थ की कामना करता है। आखिर यह सब क्यों हो रहा है? इसका एक ही कारण है सफलता के मापदंड में परिवर्तन। जब सारे विश्व ने ही इस मापदंड में परिवर्तन कर दिया है तो नहीं चाहते हुए भी आपको भी मानना ही पड़ेगा। यदि हम पुराने सूत्रों के सहारे आज के नए मार्ग पर चलकर देखें तो हमें स्पष्ट दृष्टिगोचर होगा कि ये सभी पुराने सूत्र आज भी हमारे लिए उतने ही उपयोगी एवं प्रासंगिक हैं जितने वे प्राचीन काल में थे।

प्राचीन मनीषियों में पतंजली ने मन को वश में करने की एक चमत्कारी विधि बताई है, 'योग'। जिसे आज सम्पूर्ण विश्व में स्वस्थ रहने की एक प्राकृतिक विधि के रूप में मान्यता प्राप्त हो चुकी है। वह वास्तव में मन की चंचलता को स्थिर करने की क्रिया है। आज हमने योग के रूप को ही विकृत कर दिया है। यह मात्र शारीरिक स्वास्थ्य तक ही सीमित रह गया है। मन से इसका क्या संबंध है, मन पर इसका क्या प्रभाव पड़ता है, इन बातों में आज का व्यक्ति कम रुचि रखता है। वह योग सीखता भी है, योग का अभ्यास भी करता है मात्र शारीरिक स्वास्थ्य के लिए। पतंजलि ने अपनी पुस्तक 'योगदर्शन' में योग के प्रति पूरी जानकारी दी है। उन्होंने कहा है कि "योगश्चित्त वृत्ति निरोधः" अर्थात् चित्त की वृत्तियों को रोकना ही योग है। चित्तवृत्ति अर्थात् मन का इधर-उधर भटकना यदि मन के इधर-उधर भटकने को हम रोक पाएं, उसे एक दिशा में नियंत्रित करें तो उसमें वही बल आ जाएगा जो वैसी नदी में आता है जिसमें अनेक छोटे-छोटे जल-स्रोत आकर वृहत् नदी का रूप देते हैं। जब तक हम मन के भटकाव को

रोके रहेंगे, हम अपनी दिशा में चाहे वह किसी भी क्षेत्र से संबंधित दिशा हो, उसी वेग और शक्ति से बढ़ते जाएंगे, जैसे वह नदी। पर जैसे ही हमारा मन भटकने लगेगा, हमारी स्थिति बदलने लगेगी। अब कुछ ही दूर वेग और शक्ति से चलने के उपरांत, नदी की मुख्यधारा कई दिशाओं की ओर छोटे-छोटे जल प्रवाह के रूप में बंटती चली जायेगी, तब क्या होगा? मुख्य नदी ही समाप्त हो जायेगी। उसकी सारी शक्ति छिन्न-भिन्न होकर अनेक छोटे-छोटे जल-प्रवाहों में समाप्त हो जाएंगी। यही स्थिति मनुष्य के मन की भी है। मन यदि चंचल है तो वह आपकी शक्ति का ह्रास ही कर रहा है और यदि मन स्थिर और एकाग्र है तो आपको अनंत शक्ति प्रदान करता है। यह तो आप पर निर्भर करता है कि आप उस शक्ति का प्रयोग कैसे और किस कार्य के लिए करते हैं।

जहां भी मन को वश में करने की बात उठती है पतंजलि की योगदर्शन के बिना बात अधूरी ही रह जाती है। आइए पुस्तक के इस अध्याय में पतंजली के योगदर्शन पर एक दृष्टि डालें। पतंजलि ने योगानुशासन में चित्त को इधर-उधर भटकने से रोकने की बात कही है। आगे कहा है कि यदि चित्त को रोका नहीं जा सका तो व्यक्ति उसके प्रवाह में बह जाएगा और वैसा ही बन जाएगा जिधर उसके चित्त की वृत्तियां उसे घसीट कर ले जाएंगी। यह तो शत-प्रतिशत सत्य है कि एक ही परिस्थिति एक ही वातावरण, एक जैसे खान-पान तथा एक ही माता-पिता के दो संतान मात्र अपने चित्तवृत्तियों के कारण ही अलग-अलग दिशाओं में चले जाते हैं। ऐसा हो सकता है कि एक भाई अपराधी और असामाजिक कार्यों में रुचि लेने लगे और दूसरा भाई अपने को ज्ञानी और मनीषी बनाए। व्यक्ति की आत्मा पूर्ण निर्मल, स्वच्छ वस्तु है। प्रकृति के उतार-चढ़ाव, विषय-वासना जैसी वस्तुओं से इसका कोई मेल नहीं है। पर जब व्यक्ति का चित्त अनेक दिशाओं में भ्रमित होने लगता है विषयों के जाल में फंस जाता है, शब्द, स्पर्श, रस और गन्ध के चक्रव्यूह से अपने को निकाल पाने में समर्थ नहीं हो जाता है और वैसे ही रंग में रंग जाता है, तो व्यक्ति की आत्मा के ऊपर भी वैसा ही लेप चढ़ जाता है। साधारणतः ऐसी वृत्तियों को मनीषियों ने पांच वर्गों में वर्गीकृत किया है।

प्रमाण, विपर्यय, विकल्प, निद्रा, स्मृति।

1. प्रमाण : प्रमाण को तीन भागों में विभक्त किया गया है:
(क) प्रत्यक्ष प्रमाण, (ख) अनुमान प्रमाण और
(ग) आगम प्रमाण

(क) प्रत्यक्ष प्रमाण : जिसे हम अपनी ज्ञान इन्द्रियों द्वारा प्रत्यक्ष रूप से अनुभव करते हैं जैसे देखना, सुनना, चखना, स्पर्श करना, सूंघना आदि।

(ख) अनुमान प्रमाण : किसी प्रत्यक्ष दर्शन के सहारे युक्तियों द्वारा जो अप्रत्यक्ष पदार्थ के रूप का ज्ञान होता है वह अनुमान प्रमाण वृत्ति है। जैसे नदी में बाढ़ देखकर दूर देश में वृष्टि होने का अनुमान।

(ग) आगम प्रमाण : अर्थात् दूसरों से सुनकर या उनके द्वारा लिखे गए ग्रन्थों को पढ़कर जिस वस्तु का बोध हमें होता है उस ज्ञान को आगम प्रमाण कहते हैं। जो न प्रत्यक्ष ज्ञान है, न अनुमान द्वारा प्राप्त किया गया है, वह आगम प्रमाण है। जैसे किसी विशेष शहर के बारे में ज्ञान पाना, जिसे आपने किसी पुस्तक में पढ़ा हो। लोगों के द्वारा सुनकर या पत्र-पत्रिकाओं में पढ़कर हिमालय की ऊंचाई तथा उसकी शीतलता का ज्ञान आदि।

2. विपर्यय : अर्थात् ऐसा मिथ्या ज्ञान जो उस वस्तु में सच में प्रतिष्ठित नहीं है। जैसे दूर रेगिस्तान में जल सदृश्य चमकते बालू को देखकर वहां जल होने की बात सोचना।

3. विकल्प वृत्ति : ऐसी वृत्ति जो अविद्यमान वस्तु की शब्द-ज्ञान के आधार पर कल्पना कर ली जाती है जैसे पत्थर की मूर्ति को महादेव, विष्णु भगवान मानकर प्रणाम करना, पूजा करना आदि और मूर्ति को देखकर एक सजीव रूप की कल्पना, विकल्प वृत्ति ही है।

4. निद्रा : निद्रा व्यक्ति की उस अवस्था का नाम है जब वह सम्पूर्ण ज्ञान से मुक्त हो जाता है और ज्ञान का अभाव हो जाता है। यही ज्ञान के अभाव की स्थिति निद्रा है। जब व्यक्ति गाढ़ी निद्रा में चला जाता है उसके चित्त से सम्पूर्ण ज्ञान समाप्त हो जाते हैं और बाद में जब वह उठता है तो कहता है कि मैं इतनी गाढ़ी निद्रा में था कि मुझे कुछ भी पता नहीं चला। इस स्मृति वृत्ति से ही यह सिद्ध होता है कि निद्रा भी एक वृत्ति है, नहीं तो जगने के बाद उसकी स्मृति कैसे होती।

5. स्मृति : अर्थात स्मरण। किसी भी पूर्व में अनुभव किए हुए विषय अथवा भोग का स्मरण या उसका प्रकट होना ही स्मृति है। हमारा चित्त इन्हीं वृत्तियों से आवृत रहता है। जिस व्यक्ति के चित्त पर जिन वृतियों का जितना अधिक प्रभाव होगा, व्यक्ति वैसा ही बन जाएगा और व्यक्ति अपने मूल स्वरूप से

अलग हो वृत्ति के स्वरूप में ही परिणत हो जाएगा। मूल स्वरूप स्वच्छ निर्मल वृत्ति रहित चित्त ही है। इन वृत्तियों से चित्त को मुक्त करने की विधि को ही योग कहते है। पतंजलि ने भी अपने सूत्र में स्पष्ट कहा है–"कि अभ्यास वैराग्याम्मां तन्निरोध" अर्थात् अभ्यास और वैराग्य से उन वृत्तियों का निरोध होता है। अभ्यास का अर्थ एक ही कार्य को बार-बार करना जो इस लेख में पढ़ चुके हैं।

वैराग्य का अर्थ : चित्त को भोग-तृष्णाओं से मुक्त रखना है। यह विरक्ति बाह्य स्तर पर न होकर मानसिक स्तर पर ही होना माना गया है। यदि आज के परिप्रेक्ष्य में इसे देखा जाए तो इसका अर्थ ऐसा लगाया जा सकता है कि अनेक प्रकार के भोग-विलासों से अपने को हटाकर आवश्यकतानुसार संयमित जीवन व्यतीत करना। विलासिता से अपने को अलग रखना। अतिशय भोग की स्थिति ही विलासिता बन जाती है। विलासिता संबंधी भोग से व्यक्ति की कार्यक्षमता का ह्रास ही होता है। कार्यक्षमता का तात्पर्य यहां व्यक्ति के उस दिशा में कार्य करने की क्षमता से है जिसको उसने अपनी इच्छा से अपनी उन्नति के लिए चयन किया है। यह किसी भी क्षेत्र से संबंधित हो सकता है, क्रीड़ा, लेखन, कला, विज्ञान, वाणिज्य, व्यापार आदि। यदि भोग को एक सीमा तक सीमित रखा जाए, विलासिता की ओर नहीं ले जाया जाए, तो भोग व्यक्ति के भीतर आसक्ति उत्पन्न करने में सफल नहीं हो सकता है। आसक्ति की उत्पत्ति ही व्यक्ति की वह तृष्णा है जो उसे मुख्य पथ से भ्रमित कर देती है। यह कभी न तृप्त होने वाली तृष्णा ही आज के युग में व्यक्ति को सफलता से बहुत दूर खींच ले जाती है। इसी तृष्णा को अपने भीतर न उत्पन्न होने देना ही आज के वातावरण में वैराग्य का उचित अर्थ हो सकता है। आज भी ऐसे अनेक सफल व्यक्ति हैं अथवा हुए हैं जिन्होंने सम्पूर्ण सांसारिक सुखों का भोग किया है अथवा करते हुए भी उसमें आसक्त नहीं हुए। अपनी प्राथमिकताओं पर सदैव बढ़ते रहे। अनेक क्षेत्रों में अनेक सफल व्यक्ति मिल जाएंगे जिन्होंने अभ्यास से सफलता पाई है। अभ्यास तो तभी संभव है जब व्यक्ति दूसरे कार्यों से अपने को हटाकर अपनी प्राथमिकता वाले कार्य में अधिकाधिक समय दें। तब तो यह स्वाभाविक हो जाता है कि अभ्यास करते समय उसे अपने मन को अन्य सभी वस्तुओं से हटाकर अभ्यास वाली वस्तु पर लगाना ही पड़ेगा। कोई वैज्ञानिक हो अथवा खिलाड़ी, साहित्यकार हो अथवा राजनेता, समाज सेवी हो अथवा प्राध्यापक, सभी क्षेत्रों में ऊपर उठने के लिए अभ्यास अत्यावश्यक है। साधारण व्यक्ति वैराग्य का अर्थ लगाते समय यह भूल जाते हैं कि प्राचीन काल में भी हमारे ऋषि-मुनि सुखद दाम्पत्य जीवन बिताते थे। कृषि, पशुपालन, पठन-पाठन जैसे कार्यों में रुचि रखते थे। कई सांसरिक सुखों का भोग

करते हुए भी उनमें आसक्त नहीं होते थे। ऐसे व्यक्तियों के अनेक उदाहरण हमारे प्राचीन ग्रन्थों में उपलब्ध हैं। परन्तु मिथिला के राजा जनक के संबंध में यह प्रचलित है कि राजसुख, ऐश्वर्य, समृद्धि सबका भोग करते हुए भी वे एक महान् योगी थे। महाकवि तुलसीदास ने उनके संबंध में कहा है : "योग भोग महं राखाहिं गोई" अर्थात् वे इतने महान् योगी थे कि सम्पूर्ण भोगों में लिप्त रहते हुए भी योग में लीन रहते थे। दूसरे शब्दों में उन्होंने योग को ही भोग के अंदर छिपा लिया था। साधारण व्यक्ति उन्हें भोगी समझता था, जबकि वस्तुतः वे एक योगी थे। अर्थात सम्पूर्ण भोगों में लिप्त रहते हुए भी उनमें उनकी आसक्ति नहीं थी। भोग में आसक्त होना और भोग करना दोनों दो वस्तु हैं। आज के सांसारिक परिवेश में सांसारिक सुखों का भोग न करना एक मुर्खतापूर्ण बात होगी। भोग से निवृत्ति का अर्थ 'भोग करना ही नहीं' मान लेना उचित नहीं प्रतीत होता है। जब व्यक्ति अपनी मनचाही वस्तु के लिए अभ्यास करेगा, उसके लिए अधिक से अधिक समय निकालेगा तो निश्चय ही उक्त अवधि में वह अन्य सभी भोगों से पृथक हो जाएगा। यह तो स्वतः अन्य दिशाओं से पृथक कर देता है। यह दिशा यदि लोकोपयोगी अथवा परोपयोगी कार्यों के लिए है तो निश्चय ही व्यक्ति वैराग्य की स्थिति में हो जाएगा। और यदि वही दिशा असामाजिक कार्यों अथवा बुरे व्यसनों की ओर है तो निश्चय ही वहां भोग में आसक्ति की स्थिति उत्पन्न हो जाती है। आज जीवन में नवीनतम वैज्ञानिक आविष्कारों का उपयोग न करना व्यक्ति को सफलता से दूर ही करेगा। टेलीफोन, टी.वी., हवाई यात्रा, समाचार-पत्र, मोटर कार, वातानुकूलित यंत्रों तथा अन्य ऐसी वस्तुएं जिन्हें साधारण व्यक्ति भोग-विलास की वस्तु समझते हैं, आज कई व्यक्तियों के लिए इतनी आवश्यक हो गई है कि इनके बिना उनकी कार्यक्षमता इतनी कम हो जाएगी कि वे कभी सफल होने के संबंध में नहीं सोच पाएंगे। कार्यक्षमता को बढ़ाने के लिए इन सभी साधनों का उपयोग कभी भी भोग-विलास की दृष्टि से नहीं देखा जाना चाहिए, क्योंकि बिना अपनी कार्यक्षमता को बढ़ाए व्यक्ति ऊपर नहीं उठ सकता है। आज की महान् समाज-सेविका नोबेल पुरस्कार विजेता 'मदर टेरेसा' की ही बात ले लीजिए। गरीब, असहाय, निर्बल और बीमार व्यक्तियों के लिए जो कुछ भी वे कर रही हैं सभी जानते हैं। अपने कार्य के सम्पादन हेतु उन्हें इन सभी नवीनतम वैज्ञानिक आविष्कारों का उपभोग करना पड़ता है। पर उनमें इनके प्रति कोई आसक्ति नहीं है। उनसे बड़ा वैरागी आज कौन है? वैराग्य का यह अर्थ लगा लेना कि सम्पूर्ण सांसारिक सुखों से विरक्त हो जाना, उसका भोग न करना, उनमें रुचि न लेना ही वैराग्य है तो ऐसा उचित नहीं प्रतीत होता है। प्राचीन काल में भी ऋषि-मुनि खान-पान, स्वास्थ्य, रक्षा, औषधि हेतु अन्य आवश्यक वस्तु का उपयोग करते थे। शरीर की रक्षा करना, उसे ऐसी स्थिति में रखना जिससे उससे अधिक से अधिक कार्य लिया जा सके यही तो

व्यक्ति का पहला धर्म है। आज इस प्रथम धर्म के लिए, शरीर की रक्षा के लिए और शरीर की कार्यक्षमता को बढ़ाने के लिए नवीनतम वैज्ञानिक साधनों का उपयोग करना अति आवश्यक है।

मन को वश में रखने के लिए अभ्यास और वैराग्य की आवश्यकता तो है ही पर यह बिना चरित्र -शुद्धि के संभव नहीं है। प्राचीन ग्रन्थों में चरित्र-शुद्धि के लिए भी विधि बताई गई हैं। पतंजलि का अष्टांगिक मार्ग का स्थान प्रथम है। दूसरे शब्दों में योग के आठ अंग हैं। ये क्रमशः यम, नियम, आसन, प्राणायाम, प्रत्याहार, धारणा, ध्यान और समाधि है।

यम : यम के पांच क्षेत्र हैं। जिन्हें चित्त शुद्धि के लिए अत्यावश्यक माना गया है। चित्त शुद्धि के बिना मन को वश में करना संभव नहीं है। पांचों भाग इस प्रकार हैं–सत्य, अहिंसा, अस्तेय, ब्रह्मचर्य, अपरिग्रह।

सत्य : सत्य का अर्थ कपट एवं छलरहित सत्य व्यवहार करना है।

अहिंसा : अहिंसा का अर्थ मन, वचन, कर्म से किसी प्राणी को कष्ट नहीं देना है।

अस्तेय : अस्तेय का अर्थ दूसरे के स्वत्व को छल, प्रपंच, बल से अन्यायपूर्वक अपहरण नहीं करना है।

ब्रह्मचर्य : अर्थात् संयमित जीवन बिताना है।

अपरिग्रह : इसका अर्थ अपने स्वार्थ के लिए आवश्यकता से अधिक भोग-सामग्री का संचय नहीं करना माना गया है। संचय करना अर्थात् वस्तु को अकारण और अनावश्यक कारणों से उपयोग रोककर उसकी उत्पादकता को समाप्त करना होता हैं यदि आज के दृष्टिकोण से इसे देखा जाए तो इसका अर्थ स्पष्ट होगा कि पूंजी आदि का उत्पादक कार्य में विनियोग नहीं करना ही परिग्रह है।

नियम : नियम के अंतर्गत शौच, संतोष, तप, स्वाध्याय और ईश्वर प्रणिधानि आते हैं।

शौच : शौच का संबंध पवित्रता से है। यह पवित्रता बाह्य एवं अंतःकरण की होती है। बाह्य पवित्रता का संबंध शरीर से है तथा आंतरिक पवित्रता का संबंध चरित्र से है, जिसमें राग, द्वेष, शत्रुता, ईर्ष्या से बचना तथा दूसरों के साथ नम्र, मृदु, मैत्रीपूर्ण व्यवहार करना आदि आता है।

संतोष : संतोष का अर्थ हुआ–अपने भीतर संतुष्ट रहने की प्रवृत्ति उत्पन्न करना।

तप : तप का अर्थ शरीर को स्वस्थ रखने के लिए खान-पान आदि अन्य नियमों का पालन करना।

स्वाध्याय : अर्थात् अध्ययन। पठन-पाठन, मनन, चिंतन, ज्ञान-अर्जन आदि के लिए किया गया कार्य

ईश्वर प्रणिधानि : ईश्वर शरणागति में आना अर्थात् भगवान में विश्वास करना।

आसन : आसन का अर्थ बैठना आदि की क्रिया है अर्थात शरीर को सुखद स्थिति में अधिक देर तक स्थिर रखना।

प्राणायाम : प्राणायाम श्वास-प्रश्वास की क्रिया को संतुलित स्थिति में रखना है। क्योंकि श्वास का संबंध व्यक्ति के मानसिक स्थिति पर भी निर्भर करता है। क्रोध, उद्वेग, शोक आदि परिस्थितियों में व्यक्ति के श्वास की गति घटती-बढ़ती रहती है। इसीलिए इसको संतुलित करना मन को वश में करने की दिशा में एक अति आवश्यक कदम है।

प्रत्याहार : इसका अर्थ इन्द्रियों के कार्यों पर मन द्वारा अंकुश लगाकर उनके कार्यों को बंद कर देना है तथा उन्हें अपने मनोनुकूल चलने को बाध्य करना है।

धारणा : धारणा का अर्थ मन को एक स्थान पर केंद्रित करना है।

ध्यान : अर्थात् धारणा की स्थिति में जिस वस्तु या स्थान पर मन को केंद्रित किया गया है, उसी स्थान पर अत्यधिक समय तक रखना है।

समाधि : योग की यह अंतिम कड़ी है जब व्यक्ति का मन पूर्ण वश में होकर ध्येय में लीन हो जाता है।

उपर्युक्त भाग में आपने पढ़ा कि किस प्रकार भारतीय मनीषी-जन योग क्रिया से अपने मन को वश में करते थे। इसी क्रिया को यदि आज के परिचालित व्यापारिक सभ्यता के परिप्रेक्ष्य में देखें तो हमें ऐसा प्रतीत होगा कि इस विधि में साधारण परिवर्तन कर इसे हम समयानुकूल प्रभावशाली बना सकते हैं। हमारे प्राचीन मनीषियों का ध्येय, लक्ष्य, उद्देश्य सभी तो परमात्मा में निहित था तो उन्होंने ईश्वर शरणागत की बात को अपने योग-विधि में अत्यधिक महत्त्व दिया है। आज भी जो व्यक्ति परमात्मा में श्रद्धा रखते हैं उनके लिए यही विधि श्रेष्यकर होगी। परंतु यह तो व्यक्ति को निष्कपट भाव से देखना है कि आज उसका ध्येय या लक्ष्य उसे किधर ले जाना चाहता है अर्थात् वह

किधर जाना चाहता है, उसकी रुचि अधिकाधिक किस वस्तु में है। यह निश्चय ही एक व्यक्ति से दूसरे व्यक्ति में भिन्न होगा। तदनुसार मन को वश में करने की विधि में भी भिन्नता आ जाएगी। एक खिलाड़ी जिसे अपने खेल के क्षेत्र में उत्कृष्टता प्राप्त करनी है, उसे पहले तो धीरे-धीरे अपने शरीर को उस खेल के खेलने योग्य बनाने के लिए उचित आहार-विहार, व्यायाम आदि विधि अपनाना होगा। आज का युग विशिष्टता का युग है। प्रत्येक खेल के लिए शरीर को उस खेल के अनुकूल बनाने के लिए अलग-अलग व्यायाम है। जिसे क्रिकेट खेलना है, उसका अपना व्यायाम है। फुटबॉल का अलग व्यायाम है। टेनिस तथा जूडो सभी के लिए अलग-अलग व्यायाम हैं अर्थात् एक के लिए बने व्यायाम को करके खिलाड़ी अपने को दूसरे खेल के योग्य नहीं बना पाएगा। उसके शरीर की बनावट ही ऐसी हो जाएगी कि वह वही खेल अच्छी विधि से खेल सकता है। उस खेल के योग्य अपने शरीर को तैयार करना होगा। अपने में उसे खेल के प्रति श्रद्धा, प्रेम और रुचि उत्पन्न करनी होगी। जीवन को अन्य मार्गों से समेटकर उसे अपने को उस खेल के रास्ते पर लाना होगा। माता-पिता, अभिभावक इसमें बालक-बालिकाओं की बड़ी सहायता कर सकते हैं उनके प्रयास के बिना बालक-बालिकाओं के भीतर उत्पन्न हुई इच्छा में प्रबलता नहीं आ सकती है।

हाल ही की बात है मैंने समाचार-पत्रों में ऐसा देखा कि भारत के सर्वश्रेष्ठ शतरंज के खिलाड़ी श्री विश्वनाथन आनंद जब शतरंज खेलते भी नहीं थे उनकी आयु पांच-छ: वर्षों की थी, तभी उनकी माता उन्हें शतरंज के विश्व चैम्पियनशिप का मैच दिखाने भारत से फिलिपीन की राजधानी मनीला ले गई थी। धीरे-धीरे विश्वनाथन आनंद के मन में शतरंज खेलने की इच्छा प्रबल हो गई और आज उनकी गणना विश्व के इने-गिने शतरंज के ग्रैंड मास्टरों में की जाती है। जब तक किसी व्यक्ति के मन में किसी विशेष खेल के प्रति अत्यधिक रुचि उत्पन्न नहीं होगी तो उसका ध्यान अन्य खेलों से अथवा अन्य कार्यों से हटकर किसी विशेष खेल पर केंद्रित नहीं हो सकती है। मैं एक युवक को जानता हूं जिसे एक अच्छा खिलाड़ी बनने का बड़ा शौक था, पर अपनी मन की चंचलता के कारण, सभी साधनों के उपलब्ध होने पर भी वह खिलाड़ी नहीं बन सका। कुछ दिनों तक वह फुटबॉल में व्यस्त रहता। जाड़े के दिनों में क्रिकेट खेलता, बैडमिन्टन और टेनिस भी उसका प्रिय खेल था। वॉलीबॉल और बेसबॉल जैसे अनेक खेलों में उसने अपने समय को ऐसा व्यर्थ किया कि वह किसी एक खेल में भी उत्कृष्टता नहीं पा सका। और इसी प्रकार उसकी आयु ही निकल गई। अब भला बीस वर्ष की अवस्था के बाद कोई क्या खिलाड़ी बन पाएगा। विश्व में तो ऐसे-ऐसे दृष्टांत हैं कि पन्द्रह वर्ष से अठारह वर्ष की आयु तक लोगों ने टेनिस और क्रिकेट जैसे

खेलों में विश्व स्तर के खिलाड़ियों में अपना स्थान बना लिया। ऐसी बातें कभी भी बिना प्रबल इच्छा के संभव नहीं हो सकती है। एक खेल पर ध्यान देना यही तो मन को अन्य सम्पूर्ण मार्गों से खींचकर उस मार्ग पर लाना हुआ। पढ़ना-लिखना, गीत-संगीत, कला-विज्ञान सभी क्षेत्रों से अपने मन को खीचकर मन को पूर्णतः एक खेल पर लगाना होगा। जीवन की एक लम्बी अवधि को मात्र उसी खेल को समर्पित करना होगा। तभी जाकर व्यक्ति उसमें उत्कृष्टता पा सकता है। खेल के लिए अभ्यास करना ही होगा। इसके लिए यही तप और क्रिया योग हुआ।

वैराग्य : यहां वैराग्य का अर्थ है अन्य सभी रागों से अपने को खींचकर अपने इच्छित खेल के प्रति आदर और श्रद्धा उत्पन्न करना। आत्म-विश्वास की उत्पत्ति तो स्वतः अभ्यास और श्रद्धा से होती है। जब व्यक्ति अपने को अन्य सभी वस्तु से पृथक कर लेगा, मात्र एक ही खेल की ओर मन को लगाने का प्रयास करेगा, यही तो उसका प्रत्याहार और धारणा हुई। उसे अपने इन्द्रियों के घोड़ों को मन रूपी लगाम से अपने अधिकार में रखना होगा। यदि वह ऐसा नहीं कर सका, कभी टी.वी. पर कोई सुन्दर फिल्म देखने लगा, कभी कोई अच्छी पुस्तक पढ़ने लगा, कभी उसने आवश्यकता से अधिक स्वादिष्ट व्यंजनों का भोजन कर लिया जिससे उसका शरीर भारी हो जाए, उसे गद्देदार बिछावन पर नींद आ जाए, तो खेल का अभ्यास उस दिन तो अधूरा ही रह जाएगा और यदि ऐसा ही प्रतिदिन कुछ न कुछ होता रहा तो फिर अभ्यास ही समाप्त हो जाएगा। इसलिए घोड़ों की लगाम को कसकर सावधानी से पकड़ना होगा। यदि खिलाड़ी बनना है और विश्वस्तर का खिलाड़ी बनना है तो प्राचीन ऋषि-मुनियों की भांति समाधि की उस स्थिति में आना होगा जहां वे अपनी आत्मा को परमात्मा में विलीन कर देते थे। अंतर इतना ही होगा कि यहां उद्देश्य, लक्ष्य परमात्मा नहीं, वह खेल होगा। जैसे ऋषि-मुनि समाधि की उस स्थिति में ब्रह्मलीन हो जाते थे, उसी प्रकार यदि उत्कृष्ट खिलाड़ी बनना है तो समाधि की इसी स्थिति में आना होगा। खेल में लीन हो खेल-स्वरूप बन जाना होगा। बिना ऐसा किए खेलना तो सरल है पर उत्कृष्टता प्राप्त करना संभव नहीं है।

खेल हो अथवा संगीत, विज्ञान या कला अथवा कोई भी क्षेत्र हो, हमारे प्राचीन मनीषियों के विचार सही और सटीक बैठेंगे। अंतर इतना ही होगा कि उनका लक्ष्य कुछ और था इसका कुछ और। सफलता उसे नहीं मिलती है जो प्रतिपल अपना लक्ष्य बदलता है। मन बिना संयम और नियंत्रण के इन्द्रियों को विषय से बचाना असंभव है। और जब तक उन्हें नियंत्रित न किया जाए, मन एक दिशा में लगता ही नहीं है।

एक कहानी है। एक प्रेमी अपनी प्रेमिका के प्रेम में इतना खो गया था कि उसे सोते-जागते और राह चलते भी उसी की छवि दिखती थी। उसका मन सदा इसी दिशा

में लगा रहता था। एक दिन वह एक निर्जन वन में से होकर जा रहा था। उस वन में एक तपस्वी अपनी तपस्या में लीन था। अचानक उस व्यक्ति को उस तपस्वी से ठोकर लगी। तपस्वी का ध्यान भंग हो गया। उन्होंने उससे पूछा–क्या तुम्हें दिखाई नहीं देता है? उस व्यक्ति ने उत्तर दिया, दिखाई तो देता है पर मुझे मात्र एक ही वस्तु दिखाई दे रही है, मैं अपनी प्रेमिका के प्रेम में इतना लीन था कि मुझे आप दिखाई नहीं पड़े। किन्तु आप किस ध्यान में लीन थे जो ज़रा-सा स्पर्श होने से ही आपको यह ज्ञात हो गया कि कोई दूसरा व्यक्ति आ गया। तपस्वी चौंक उठा और उसने अनुभव किया कि मैंने आंख बंद कर ध्यान तो लगाया था, परंतु मेरा स्पर्श-ज्ञान मेरे वश में नहीं हो पाया था और इस व्यक्ति से स्पर्श होते ही मुझे इसके यहां आने का आभास हो गया। उन्हें ऐसा लगा कि यह व्यक्ति मुझसे अच्छा ध्यान लगा सकता है, क्योंकि इसकी आंखें भी खुली हैं, इसके पैर भी चल रहे हैं, फिर भी मेरी उपस्थिति का इसे ज्ञान न रहा। यह अपनी प्रेमिका के ध्यान में इतना लीन था। तपस्वी ने उसे आदर से बैठाया और पूछा–क्या तुम मुझे ध्यान की ऐसी विधि बता सकते हो जिसके आधार पर तुम सदैव अपनी प्रेमिका को ही देख पाते हो। उस व्यक्ति ने उत्तर दिया, यह कोई विधि नहीं है, यह मात्र ध्येय में समाहित हो जाने की क्रिया है। मेरा तो अस्तित्व ही समाप्त हो गया है। मैं अपनी प्रेमिका के अतिरिक्त न कुछ देख सकता हूं, न सोच सकता हूं। देखिए न अभी मैं आपसे बातें कर रहा हूं, पर मेरे सामने वह खड़ी है। यदि आप बुरा न मानें तो मैं सच्ची बात बताता हूं। मैं आप में भी अपनी प्रेमिका को ही देख रहा हूं। तपस्वी ने कहा–वर्षों ध्यान और तपस्या के उपरांत भी जो मैं नहीं पा सका, तुम उसे पा चुके हो और वह अपनी असफलता के लिए लज्जित हो गया।

प्राचीन काल में ऋषि-मुनियों की सम्पूर्ण ऊर्जा परमात्मा पर ही व्यय होती थी। पर आज प्रत्येक व्यक्ति का अलग-अलग लक्ष्य हैं। अपने लक्ष्य को पहचानना होगा। तभी तो मन को उस पर अन्य स्थानों से खींचकर लाया जा सकता है।

जब हम लक्ष्य को पहचानने की बात करते हैं तो यहां यह स्पष्ट कर देना होगा कि हममें से अधिकांश अपने लक्ष्य के संबंध में कुछ नहीं जानते हैं। वे सदा अनियमित रूप से अनिश्चित दिशाओं में भ्रमण करते रहते हैं। कभी-कभी तो उनके भीतर उनके पूर्वजों का संस्कार, आस-पास के लोगों का चरित्र व्यवहार तथा धर्म-परायणता का विचार उन्हें निश्चित दिशा से खींचकर भगवान की ओर ले जाता है। लोग पूजा-पाठ में रुचि लेने लगते हैं, परंतु अनायास ही जीविकोपार्जन तथा व्यवसाय की बढ़ती प्रतिस्पर्धा उन्हें भजन, कीर्तन, सत्संग आदि से हटाकर अपनी ओर खींच लेती है। वहां मिली छोटी-मोटी सफलता को अपने परिश्रम का परिणाम न मानकर परमात्मा की कृपा समझ लेते हैं फिर अनायास उस ओर खींच जाते हैं। इस धर्म और व्यवसाय की खींचातानी

में व्यक्ति न इधर का रह पाता है और न उधर का। व्यवसाय से बचे समय को परिवार और समाज को न देकर उसे नेक अंधविश्वास, रूढ़िवादिता, अनुत्पादक अनावश्यक कार्यों में लगाने लगता है। परिणामस्वरूप अनेक पारिवारिक कलह और सामाजिक समस्याएं उत्पन्न हो जाती हैं। इन सभी समस्याओं को व्यक्ति स्वयं उत्पन्न करता है पर उसके लिए परमात्मा को उत्तरदायी बनाता है। वह अपने जो करता है, उससे अपनी संतान को पृथक रखता है। जो व्यक्ति किसी कार्यालय में कार्य करते हैं उनमें अधिकांश ऐसे मिलेंगे जिनकी रुचि कार्य में बहत कम रहती है। चोरी, बेईमानी और घूसखोरी की तरफ ध्यान अधिक रहता है। पूजा-पाठ भी करते हैं। घूस और बेईमानी से धन भी कमाते हैं और सबसे हास्यास्पद बात तो यह है कि ऐसे लोग समझते हैं कि बेईमानी और घूसखोरी में भी उनके पूजा-पाठ का ही प्रभाव पड़ रहा है। भगवान को अपनी बेईमानी में सहायक समझता है। ऐसे अनेक दुहरे चेहरे वाले व्यक्ति आपने अवश्य देखा होगा। ऐसे व्यक्तियों का न कोई लक्ष्य है न कोई उनमे आत्म-विश्वास ही रहता है। लक्ष्य के निश्चित नहीं रहने के कारण उनके भीतर आत्म-विश्वास, अभीप्सा उत्पन्न ही नहीं हो पाती है।

आज जब आप सफलता की बात करते हैं, मन को वश में करने की बात करते हैं, तो सर्वप्रथम लक्ष्य निर्धारित करना होगा। आपका लक्ष्य कुछ भी हो सकता है। फिर अपने मन के भीतर अभीप्सा जागृत करनी होगी। अभीप्सा का अर्थ हुआ 'प्रबल इच्छा।' जब लक्ष्य का निर्धारण हो चुका है तो आप उसकी प्राप्ति के लिए अपने भीतर सरलता से दृढ़ इच्छा उत्पन्न कर सकते हैं। यह इच्छा जितनी प्रबल होगी उतने ही वेग से आपका विचार उस लक्ष्य की ओर बढ़ेगा। जैसे-जैसे प्रबलता आती जाएगी, स्वतः आपकी रुचि अन्य कार्यों से हटकर निर्धारित लक्ष्य की ओर एकाग्र होती जाएगी। यहीं मन को वश में करने की बात उठती है। बीच-बीच में अनेक बाधाएं उत्पन्न होती जाएंगी जिसे योग की भाषा में 'अन्तराय' कहते हैं। वे आपको निर्धारित लक्ष्य से हटाने का प्रयास करेगा। आपका मन आपको विभिन्न दिशाओं में खींचेगा। आपकी अभीप्सा जितनी सुदृढ़ और एकाग्रित होगी उतनी ही सफलता और सरलता से आप अपने मन के भटकाव को रोक सकते हैं। मन को अन्य दिशाओं से खींचकर अपनी अभीप्सा की दिशा में नियोजित कर सकते हैं। जब आप अपने मस्तिष्क से उस लक्ष्य को भटकने नहीं देंगे, अपने मन को वश में किए रहेंगे, तो आपको अपने कार्य में सिद्धि मिलकर ही रहेगी। प्राचीन काल में ऋषि-मुनि निर्जन स्थान में बैठकर नित्य कुछ समय योग में लगाते थे अर्थात् मन को वश में करने की विधि में लगाते थे। जब आपका मन भटकने लगे तो शांत मुद्रा में एकांत में, सुखद स्थिति में, विश्राम में चले जाइए। मात्र अपना ध्यान अपने लक्ष्य की ओर लगाइए। आप ऐसा अनुभव करेंगे कि आपका ध्यान

बार-बार दूसरी दिशा में जाना चाहता है। उसे रोकने का प्रयास कीजिए। उसे पुनः अपनी अभीप्सा की दिशा में लगाइए। नित्य-प्रतिदिन थोड़ा समय इस कार्य में दीजिए। जैसे-जैसे समय बीतता जाएगा यह विधि आपको सरल लगने लगेगी। कम से कम उक्त अवधि में आप अन्य सभी क्षेत्रों से अपने को खींचकर अपने लक्ष्य के संबंध में सोचने लगेंगे। लक्ष्य-प्राप्ति के अनेक नए-नए मार्ग आपके मस्तिष्क में आने लगेंगे। इसका नियमित अभ्यास जहां आपके मन को वश में करने में सहायक होगा, वहीं यह अन्य दिशाओं से आपको खींचकर आपके इच्छित कार्य के अभ्यास के लिए आपको अधिक समय दिलाने लगेगा। व्यक्ति जितनी सफलता से अपने मन को वश में कर सकता है, उतना ही अधिक समय उसकी सफलता के लिए मिलने लगेगा। व्यक्ति का शरीर, उसकी वाणी, उसका कर्म सभी तो उसके मन से ही संचालित होते हैं और यदि मन मात्र एक निश्चित दिशा की ओर ही आकर्षित हो तो आप स्वयं सोच सकते हैं कि उस व्यक्ति के सफल होने की संभावनाएं कितनी अधिक बढ़ जाएंगी। मन को वश में करना है तो कठिन कार्य परन्तु अभ्यास से इसे सरल बनाना जा सकता है।

आज जब हम किसी भी क्षेत्र के सफल व्यक्ति के जीवन चर्या का अध्ययन करेंगे तो यह बड़ी सरलता से दृष्टिगोचर हो जाएगा कि उस व्यक्ति ने सफलता के इस शिखर पर आने के लिए अपने प्रतिदिन के कितने अधिक घंटे अपने इच्छित कार्य के लिए दिया है। इतना अधिक समय मात्र एक कार्य को देने का अर्थ ही है कि उस व्यक्ति ने अन्य सभी दिशाओं से अपने मन को हटाकर अपनी अभीप्सा की ओर ही लगाया है और ऐसा करना तब तक संभव नहीं है, जब तक वह व्यक्ति अपने मन को वश में नहीं कर ले। क्षेत्र पठन-पाठन का हो, कला-विज्ञान, खेल अथवा वाणिज्य से संबंधित हो, सभी सफल व्यक्तियों ने सफलता पाने के लिए प्रतिदिन अपने समय का आठ से सोलह घंटे का समय अपने उस कार्य को दिया है जिसमें उन्हें सफलता मिली है। नए-नए विषयों पर शोध करने वाला वैज्ञानिक तो सोते जागते भी वही देखते हैं जिस विषय पर वे कार्य कर रहे हैं। उसी के संबंध में पढ़ते हैं, सोचते हैं और कार्य करते हैं। जो लोग खेल-कूद में लगे हैं, वे भी अपना सम्पूर्ण दिवस के आठ-दस घंटे या कभी-कभी तो चौदह से सोलह घंटे उसी अभ्यास में लगाते हैं, तब कहीं जाकर वे विश्व स्तर के खिलाड़ी बन पाते हैं। संगीत हो अथवा नृत्य, समाज-सेवा हो अथवा राजनीति, जब तक व्यक्ति अपने मन को वश में करके उसे अन्य सभी दिशाओं से हटाकर अपनी प्राथमिकता की दिशा में नहीं लगाएगा, वह अपना सारा समय एक क्षेत्र में नहीं दे पाएगा। ऐसा नहीं करने से आज के प्रतिस्पर्धा के युग में व्यक्ति बहुत पीछे रह जाएगा। मन को वश में करना सीखिए। उसे इधर-उधर भटकने से रोकिए। ऊर्जा का स्रोत व्यक्ति का शरीर नहीं अपितु उसका मन है। यही वह पावर-हाउस है जहां से हमारे शरीर के भीतर ऊर्जा उत्पन्न होती है।

मन के इधर-उधर भटकने से जितनी ऊर्जा हमारी अपव्यय होती है यदि हम उसे भटकने से रोक लें और उस ऊर्जा को भी उसी दिशा में व्यय करें जिस ओर हमें आगे बढ़ना है तो हमारे पास अत्यधिक ऊर्जा मिल जाएगी। आपने अवश्य देखा होगा कि कुछ लोग लालटेन अथवा बिजली के बल्ब से अधिक प्रकाश प्राप्त करने के लिए उसे तीन दिशाओं से बंद कर देते हैं अथवा एक ऐसा शेड लगा देते हैं जिससे उस विद्युत बल्ब का प्रकाश अन्य सभी दिशाओं में न जाकर मात्र एक ही दिशा में जाए। बल्ब तो वही रहता है। उसमें विद्युत की शक्ति भी उतनी ही रहती है परन्तु उसका प्रकाश इधर-उधर न भटककर जब एक ही दिशा में जाता है तो उस दिशा को वह अधिक आलोकित करता है। यही दशा हमारी उस समय होगी जब हम मन से उत्पन्न ऊर्जा को अन्य सभी दिशाओं से रोककर मात्र एक ही दिशा में नियंत्रित कर लेंगे। ऐसा करना आपको आपके सफलता के निकट ले जाएगा यही मूलमंत्र है, जिससे अनेक लोगों ने सफलता प्राप्त की है। आप भी इसे सरलता से प्राप्त कर सकते हैं।

बुरे विचारों से बचिए

आपका मन एक विशाल सागर है। सागर में जैसे सदैव लहरें बनती और बिगड़ती रहती हैं उसी प्रकार आपके मन में भी अनवरत एवं अविराम गति से विचार तरंगित होते हैं। वे बनते और बिगड़ते रहते हैं। जैसे सागर अनन्त काल से, अपनी असीम ऊर्जा से इन लहरों को उत्पन्न करता जा रहा है, ठीक उसी तरह आपके मन में भी प्रतिपल नए-नए विचारों की उत्पत्ति होती है। ये विचार आपके भीतर एक अदृश्य ऊर्जा उत्पन्न करते जाते हैं। यदि सूक्ष्मता से आप इस वस्तु स्थिति का अवलोकन करेंगे तो आपको स्वतः उस ऊर्जा का आभास मिलने लगेगा। यह बड़ी शक्तिशाली ऊर्जा है। पर होता क्या है? जैसे प्रतिदिन सागर की प्रत्येक लहर अपनी ऊर्जा किनारे आकर समाप्त कर देती है, उसी प्रकार असंख्य विचारों से उत्पन्न विभिन्न प्रकार की ऊर्जा जो आपके मन में उत्पन्न होती है, व्यर्थ ही समाप्त हो जाती है। आपके भीतर उत्पन्न ऐसे विचार जो कार्यरूप में परिणत नहीं हो सके, ऊर्जा उत्पन्न करने में सफल तो होते हैं, पर वह ऊर्जा व्यर्थ ही चली जाती है। इसी प्रकार आप अपने जीवन में अपने मन द्वारा उत्पादित ऊर्जा का एक बड़ा अंश व्यर्थ ही गंवा देते हैं और अपनी शक्ति का ह्रास करते रहते हैं। आपके आचरण और चरित्र के अनुसार आपके मन में विचारों की उत्पत्ति होती है। आपका चरित्र, परिवेश, परिस्थिति, प्रकृति, कर्म अन्य भौगोलिक, ऐतिहासिक, राजनीतिक एवं सामाजिक वातावरण के सम्मिश्रण से बनता है। आप दूसरों से जैसे प्रभावित होते हैं, वैसे ही आप दूसरों को भी प्रभावित करते हैं। यह तो उस व्यक्ति के आचरण पर निर्भर करता है कि उसने आपको कितना प्रभावित किया और आपके आचरण पर यह निर्भर करेगा कि आप दूसरों को कितना प्रभावित करते हैं। ठीक उसी प्रकार जिस प्रकार लोहे और चुम्बक का आचरण है। सभी जानते हैं कि चुम्बक में आकर्षण शक्ति है। वह लोहे को अपनी तरफ आकर्षित करता है, लोहे में कोई स्पष्ट आकर्षण शक्ति नहीं है। साधारणतः सभी समझते हैं कि चुम्बक ही लोहे को खींचता है। परन्तु इस विषय को यदि आप सूक्ष्मता से देखें तो आपको यह सपष्ट हो जाएगा कि आकर्षण शक्ति के नहीं रहते हुए भी कभी-कभी

चुम्बक भी लोहे की ओर खिंच जाता है। अथवा यों कहें कि उस लोहे के लिए चुम्बक इतना हल्का पड़ता है कि वह खींचने के बदले स्वयं खिंच जाता है। हो सकता है सुनने में यह बात आपको सही नहीं लगे। परन्तु इस उदाहरण को देखिए, तब आपको स्पष्ट हो जाएगा। यदि आपके पास एक चुम्बक हो जिसका वज़न दो सौ ग्राम अथवा तीन सौ ग्राम हो और एक दूसरा लोहे का पिंड हो जिसका वज़न लगभग चालीस कि.ग्रा. का हो। अब आप उस चुम्बक को धीरे-धीरे उस बड़े लोहे के पिंड के पास ले जाइए। जैसे-जैसे दूरी कम होती जाएगी आप अनुभव करने लगेंगे कि चुम्बक, जिसे आपने हाथों में पकड़ रखा है उस बड़े पिंड की ओर तेज़ी से भागना चाहता है, आपको अपनी पकड़ मज़बूत करनी पड़ेगी। एक ऐसा स्थान भी आएगा जहां से यह चुम्बक सीधे उस लोहे से एकाएक सट जाएगा। ठीक इसके विपरीत यदि लोहे का आकार पिंड और वज़न उस चुम्बक के आकार पिंड और वज़न से बहुत कम होता तो लोहा ही खिंचकर चुम्बक के पास चला आता। पर जब लोहे का पिंड आकार और वज़न बड़ा है तो चुम्बक ही खिंचकर स्वयं उसके पास चला गया। इसका अर्थ यह हुआ कि लोहे और चुम्बक का खींचना उसके मात्र आकर्षण शक्ति पर न होकर उसके पिंड वज़न और आकार पर भी निर्भर करता है। ठीक इसी तरह आपका दूसरे से प्रभावित होना या दूसरे का आप से प्रभावित होना, दोनों की अभीप्सा, दृढ़ता और उस ऊर्जा पर निर्भर करता है जो विचार द्वारा उत्पन्न होता है।

यदि कभी आपके जीवन में किसी उच्च व्यक्तित्व वाले व्यक्ति से साक्षात्कार का अवसर मिला हो तो आप इस आकर्षण का भली-भांति अनुभव कर सकते हैं। एक महान व्यक्ति के भीतर उत्पन्न हो रहे विचारों की शक्ति में ऐसा बल और आकर्षण होता है कि साधारण व्यक्ति बड़ी सरलता से उसकी ओर आकर्षित हो जाते हैं और उनके अपने विचार धीरे-धीरे लुप्त होते जाते हैं। तब वह व्यक्ति उस महान व्यक्ति के व्यक्तित्व से पूर्णतः आच्छादित हो जाता है और उसका अपना व्यक्तित्व ही समाप्त हो जाता है। एक व्यक्ति का दूसरे व्यक्ति से प्रभावित होना एवं आकर्षित होना उसके आचरण, पसंदगी और नापसंदगी तथा परिस्थितियों आदि पर निर्भर करता है। अच्छे विचारों से मनुष्य के भीतर अच्छी ऊर्जा का उत्पादन होता है, ठीक इसके विपरीत बुरे विचारों से ऐसी ऊर्जा का उत्पादन होता है जो व्यक्ति को बुरे मार्गों पर ले जाती हैं यही कारण है कि कोई दानव बन जाता है तो कोई देव बन जाता है। प्रकृति अथवा परमात्मा ने मनुष्य के भीतर निर्मल आत्मा के अतिरिक्त बुद्धि और विवेक जैसी चमत्कारी शक्तियां व्यक्ति को दानव बनने के लिए नहीं अपितु देवत्व प्राप्त करने के लिए दिया है। परन्तु अज्ञानता, उतावलापन तथा त्रुटिपूर्ण उदाहरणों से प्रभावित होकर व्यक्ति सफलता से बहुत दूर चला जाता है। वह स्वयं अपने विवेक को मार देता

है। अपनी आत्मा पर ऐसी कालिख पोत देता है जिससे उसकी प्रखरता ही समाप्त हो जाती है। तब वह व्यक्ति के विचारों को बल प्रदान करने के स्थान पर एक मूकदर्शक बनकर देखती रह जाती है और अब व्यक्ति त्रुटिपूर्ण मार्गों पर ही गिरता-पड़ता आगे बढ़ता चला जाता है। यह क्रम यहीं समाप्त नहीं हो जाता है। उस व्यक्ति का चरित्र तो तद्रूप बन ही जाता है और वह अन्य व्यक्तियों को भी प्रभावित करने लगता है। विशेषकर ऐसे व्यक्तियों को प्रभावित करता है जिनके अपने दृढ़ विचार नहीं हैं, जिनके चरित्र में सद्भावना की कमी है और जो अपनी विवेक शक्ति को अच्छी तरह विकसित नहीं कर पाए हैं। ऐसे लोग सफलता के अर्थ का अनर्थ लगा देते हैं। एक डाकू मरता है तो हज़ार नए डाकू उत्पन्न हो जाते हैं। राजनीतिज्ञ, समाजशास्त्री, शिक्षाविद तथा अन्य विद्वान व्यक्ति इस बढ़ती हुई अराजकता का चाहे जो भी अर्थ लगावें परन्तु सच्चाई यह है कि डाकू कोई व्यक्ति नहीं है, वह एक विचार है। जब हम अध्यात्म की बात करते हैं तो हाड़-मांस, मज्जा और रक्त से बना हुआ व्यक्ति का स्थूल काया ही व्यक्ति नहीं है, वह तो एक काया है। व्यक्ति तो उसके भीतर विचार, आत्मा चैतन्य है। आइए समीप से इनको देखें।

व्यक्ति की आत्मा जो शुद्ध और निर्मल वस्तु है, वह उसे प्रत्येक त्रुटिपूर्ण राहों पर जाने में रोकती है, उचित-अनुचित का निर्णय करने के लिए व्यक्ति के पास विवेक है। परन्तु जब व्यक्ति स्वयं अपने विवेक से हट जाता है, उचित-अनुचित का निर्णय स्वयं नहीं करता है तथा दूसरों द्वारा किए गए निर्णय को, उनके प्रभाव में आकर स्वीकार कर लेता है। अपनी आत्मा की आवाज़ को टाल जाता है तो इससे अनेक समस्याओं का जन्म होता है। वह तो विवेकशून्य हो ही जाता है, दूसरों के लिए भी समस्याएं उत्पन्न करता जाता है। व्यक्ति तो विचार ही है और जब किसी व्यक्ति का अपना दृढ़ विचार न हो तो वह व्यक्ति क्या है? अपने भीतर दृढ़ विचार उत्पन्न कीजिए, अपने व्यक्तित्व को निखारिए, दूसरों से प्रभावित होने के पूर्व अपनी आत्मा की आवाज़ सुनिए आप क्या करने जा रहे हैं इसका निर्णय अपने विवेक से लीजिए। ऐसा करने से आप अनेक त्रुटिपूर्ण निर्णयों से बच जाएंगे। आपके भीतर आपका अपना व्यक्तित्व निखरेगा।

किसी वस्तु या विचार को बुरा अथवा भला कहने के पूर्व अपनी आत्मा की आवाज़ एवं विवेक की ओर दृष्टि घुमाइए। बुराई बड़ी हो अथवा छोटी, आत्मा और विवेक किसी स्थिति में भी बिना झिझक के उसे स्वीकार नहीं करते हैं। जब उनके द्वारा बार-बार अवरोध उत्पन्न करने के बाद भी यदि कोई व्यक्ति उस ओर ध्यान नहीं देता है तो ऐसी स्थिति में वे आत्म-समर्पण कर देते हैं। बार-बार आत्म-समर्पण का अर्थ होता है मृतप्राय बन जाना। और ऐसी स्थिति में इन अनुचित कार्यों के लिए

व्यक्ति की आत्मा तथा उसका विवेक कोई अवरोध नहीं उत्पन्न करता है और व्यक्ति स्वच्छन्द रूप से अपनी त्रुटियों को दुहराता रहता है। आइए आज निष्पक्ष और निष्कपट भाव से स्वयं अपना ही आत्म-परीक्षण करें। व्यक्तित्व ही तो वह वस्तु है जो आपको सफल बनाने में आपका सबसे बड़ा सहयोगी होता है। मैं नहीं जानता आप सिगरेट अथवा शराब पीते हैं अथवा नहीं। अगर आप नहीं पीते हैं तो किसी दूसरे बुरे व्यसन का ही विश्लेषण कर लीजिए। यदि आप पीते हैं तो आप याद कीजिए पहली बार कब इस व्यसन की ओर आकर्षित हुए? कब इससे प्रभावित हुए और कब आपने इसे पहली बार पिया? उस समय आपकी उम्र कुछ भी रही हो यदि आप सच्चे हृदय से निष्कपट रूप से अपने को उस परिस्थिति में ले जाकर सोचें तो आपको आपकी आत्मा और आपका विवेक सब स्पष्ट दृष्टिगोचर होगा। पहली बार जब आप इस ओर आकर्षित हुए होंगे निश्चय ही आपकी आत्मा ने आपको रोका होगा। विवेक ने कहा होगा कि यह उचित नहीं है। आप मान गए होंगे। परंतु जब मित्रों और दूसरे व्यक्तियों से प्रभावित होकर आपका आकर्षण इस ओर बढ़ने लगा होगा तो आत्मा ही आवाज़ धीमी पड़ गई होगी। विवेक भी बार-बार कहने के उपरांत शिथिल पड़ गया होगा। और इन दोनों की इच्छा के विपरीत इनकी न मानकर आपने पहली बार सिगरेट अथवा शराब पिया होगा। ऐसा आपके साथ ही नहीं, यह तो प्रत्येक उस व्यक्ति की कहानी है, जो अपनी आत्मा की आवाज़ को अनसुनी कर तथा विवेकपूर्ण निर्णय को शिथिल कर त्रुटिपूर्ण मार्गों पर बढ़ जाता है। ऐसा मात्र सिगरेट और शराब के साथ ही नहीं होता है। हत्या, लूट, डकैती, छल-कपट, प्रपंच आदि सभी अवगुणों का विकास व्यक्ति के भीतर इसी प्रकार होता है। इन्हीं कार्यों को अनेक बार दुहराने से आत्मा और विवेक संकेत शून्य हो जाता है और धीरे-धीरे यही व्यक्ति का चरित्र बन जाता है अर्थात् यही उसका स्वरूप हो जाता है। अब इन कार्यों के प्रति उसके भीतर कोई विरोध करने वाला नहीं रह जाता। और फिर वह दूसरों को प्रभावित करता है और दूसरे तीसरों को। यह क्रम इसी प्रकार बढ़ता जाता है। यदि व्यक्ति अपनी आत्मा की आवाज़ सुने, अपने विवेकपूर्ण निर्णयों का सम्मान करें, तब अच्छा क्या है? बुरा क्या है? इसका निर्णय करने में उसे कोई कठिनाई नहीं होगी। और उसके निर्णय सदैव सही हुआ करेंगे।

व्यक्ति के जीवन में प्रायः ऐसा होता है कि उसके द्वारा किए गए अनेक कार्यों का फल उसके पक्ष में नहीं होता है। इससे व्यक्ति के भीतर अयोग्यता की उत्पत्ति होती है। अयोग्यता से आत्म-विश्वास की कमी होती है। इसी से हीनता और निराशा भी उत्पन्न होती है। व्यक्ति समझ नहीं पाता है कि परिश्रम के उपरांत भी कार्यों का फल उसके अनुकूल क्यों नहीं होता है? इस विषय पर जब आप विस्तारपूर्वक सोचेंगे तो स्थिति

स्पष्ट हो जाएगी कि आपके भीतर किसी भी कार्य अथवा योजना की उत्पत्ति आपके विचारों से होती है। पहले व्यक्ति विचार करता है, सोचता है और मनन करता है, फिर उसी विचार को कार्यान्वित करने हेतु श्रम करता है। श्रम के उपरांत वह फल की आशा करता है। फल की आशा को वह अपने श्रम के आधार पर ही आंकता है। वह प्रकृति के इस साधारण नियम को भूल जाता है कि वृक्षों में फल उनके बीज के आधार पर ही आते हैं, यदि आम का वृक्ष बोया जाएगा तो उसमें नारंगी अथवा सेब के फल नहीं आएंगे। धतूरे के पौधों में लीची नहीं फलते। तात्पर्य यह हुआ कि जिस वस्तु का बीज हम बोते हैं उसका ही फल हमें प्राप्त होता है। इसी उदाहरण को यदि हम अपने जीवन में उतारें तो इसका स्पष्ट अर्थ होगा कि प्रत्येक योजना अथवा कार्य का बीज होता है विचार। यदि बीज अच्छा हैं तो फल अच्छा होगा। यदि बीज साधारण है तो फल साधारण होगा। यदि बीज दूषित है तो फल भी दूषित होगा। हिंसा, ईर्ष्या, द्वेष, क्रोध, मान, मत्सर, प्रतिशोध आदि से संबंधित विचारों से उत्पन्न फल निश्चय ही बुरे होंगे। इसके विपरीत लोकोपयोगी तथा परोपयोगी विचारों से उत्पन्न कार्यों के फल निश्चय ही लाभकारी होंगे। विचारों का भला-बुरा होना तो स्वतः आत्म-परीक्षण से ही ज्ञात हो जाएगा। जब कार्यों का फल विचारों पर निर्भर करता है तो सफलता पाना कितना सरल हो जाता है, यदि व्यक्ति अपने बुरे विचारों को स्वीकार ही न करें और अच्छे विचारों पर आधारित योजनाओं पर ही कार्य करें। बुरे विचारों से बचना व्यक्ति की सफलता के लिए आवश्यक है। सागर की लहरों की भांति हमारे मन में अनवरत और असंख्य विचार बनते और बिगड़ते रहते हैं। उन्हीं विचारों में से कुछ की ओर व्यक्ति अधिक आकर्षित हो जाता है और उन्हीं पर अपनी योजनाएं बनाने लगता है। वह सभी विचारों को संयोजित कर रखने में सक्षम नहीं हो पाता है। भले और बुरे विचारों में भी भली-भांति अंतर नहीं कर पाने से व्यक्ति की सफलता प्रभावित होती है। किसी भी विचार पर आगे बढ़ने के पूर्व उसे भली-भांति जांच लीजिए तभी उस पर आगे बढ़िए, क्योंकि विचार ही तो वह बीज है जिस पर आपके कार्य का फल निर्भर करता है। यही वह नींव है जिस पर आपके व्यक्तित्व के भव्य भवन का निर्माण होता है। अनेक बुरे विचार भिन्न-भिन्न रूप में आपके मन में तरंगित होते रहते हैं। वे आपकी सफलता के मार्ग में अवरोध का कार्य करते हैं। ऐसे तो अनेक बुरे विचार हैं जिनसे आपको बचना है। इसका निर्णय तो स्वयं आपका विवेक ही कर सकता है।

भयजनित विचार व्यक्ति को अनेक कार्यों के लिए अयोग्य बना देता है। भय की उत्पत्ति मुख्यतः अज्ञान, संदेह और अविश्वास आदि से होती है। यह व्यक्ति की एक महान् दुर्बलता है। किसी को रोग का भय है, कोई असफलता के भय से ग्रसित है, कुछ लोग भूत-प्रेत के भय से आतंकित हैं, कुछ लोगों को समाज और प्रतिष्ठा का भय

है, कोई मृत्यु के भय से भयभीत हैं तो कोई नरक के भय से। अनेक प्रकार के भय मनुष्य को नाना रूपों में सताते रहते हैं। भय इष्ट के वियोग और अनिष्ट के संयोग की आशंका से मन में उत्पन्न होने वाला एक कायरतापूर्ण विकार है। सृष्टि के आरंभ से ही प्रकृति के प्रचंड रूप को देखकर मानव के मन में उसी काल से यह विकार पोषित होता चला आ रहा है। बाढ़, ओला-वृष्टि, आंधी-तूफान, भूकम्प, वज्रपात, प्रचंड ताप, दावानल, हिंसक पशु जैसे प्रकृति के अनेक विनाशकारी रूपों से व्यक्ति को अपने प्राण रूपी इष्ट के वियोग का भय उत्पन्न हुआ। और तभी से वह आज तक किसी न किसी रूप से भयभीत ही रहता है। भय का यह प्राचीन रूप परिवर्तित होकर आज अन्य दूसरे रूपों में विद्यमान है। आज के वैज्ञानिक युग में भय को प्रगति का एक महान् अवरोधक माना जा रहा है। कितने रोमांचकारी जटिल और कठिन कार्य जो पूर्व में असंभव माने जाते थे अब धीरे-धीरे सरल होते जा रहे हैं। अब तक चार सौ से अधिक व्यक्तियों ने माउन्ट एवेरेस्ट पर चढ़ने में सफलता प्राप्त कर ली है। कितने ही लोगों ने कई स्थानों पर तैरकर समुद्र पार किया है। निर्जन और बर्फीले ध्रुवीय प्रदेशों में कितनी यात्राएं की जा चुकी हैं। भय की उत्पत्ति मुख्यतः बाल्यकाल से ही प्रारंभ हो जाती है और इसको बालक के मन में उत्पन्न कराने में उसके माता-पिता ही अधिक सहयोगी होते हैं। वे ही बच्चों को गिरने का भय, भूत-प्रेत का भय, पानी में डूबने का भय आदि से भयभीत कराते हैं। परिणामतः बच्चे भय से ग्रसित हो जाते हैं और उन्हें अपनी योग्यता पर अविश्वास उत्पन्न हो जाता है। इसी से विश्वास समाप्त हो जाता है। धीरे-धीरे ऐसे ही बालक और बालिकाएं अनावश्यक भय से ग्रसित रहते हैं और उनके माता-पिता ऐसा सोचते हैं कि इनका भयभीत होना स्वाभाविक है। इन बालक-बालिकाओं के बड़े होने के उपरांत भी इनके लिए भय से निकाल पाना संभव नहीं हो पाता है। फिर जब वे माता-पिता बनते हैं तो अपनी संतान के साथ भी इनका वैसा ही बर्ताव होता है जैसा उनके माता-पिता ने उनके साथ किया है अर्थात् उनके बच्चे भी उन्हीं की भांति भयभीत और अयोग्य बनकर रह जाते हैं। मैं एक ऐसी शिक्षित महिला को जानता हूं जिसकी आयु लगभग 34-35 वर्ष की है। वे बम्बई घूमने गई थी। जिस परिवार में वह ठहरी थी वह परिवार एक इक्कीस मंजिलें भवन के चौदहवें मंज़िल पर रहता था। महिला के साथ उसके माता-पिता भी वहां गए थे। उस महिला को लिफ्ट से चढ़ने और उतरने में भय लगता था। वह प्रतिदिन कई बार चौदहवें मंज़िल से नीचे ज़मीन पर और ज़मीन से चौदहवें मंज़िल तक सीढ़ियों से चढ़ती और उतरती थी। दुर्भाग्य की बात तो यह थी कि उस महिला के माता-पिता ने कोई भी ऐसा प्रयास नहीं किया जिससे उनकी पुत्री के मन से लिफ्ट पर चढ़ने और उतरने का भय समाप्त हो सके। वे उसे स्वाभाविक समझते थे और उसके इस कार्य

का अनुमोदन करते रहते थे। लगभग दो सप्ताह रहने के बाद वह महिला पुनः वहां से लौट आई। मैंने उस महिला के भीतर बैठे भय का विश्लेषण करने की चेष्टा की। मुझे ज्ञात हुआ कि उस परिवार में बाल्यकाल से ही सभी लड़के-लड़कियां भयभीत रहते थे। बिछावन पर सोते समय कोई भाई-बहन पलंग से नीचे भय के मारे पैर रखना पसन्द नहीं करते थे। उनमें यह भय था कि पलंग के नीचे कहीं भूत न हो। जब रात में उन्हें अपने कमरे से बाथरूम अथवा अन्य कमरों में जाना पड़ता था तो बच्चे चिल्लाकर माता-पिता को बगल के कमरे से बुलाते थे और माता-पिता के साथ ही बाथरूम अथवा अन्य कमरों में जाते थे। उनकी अवस्था बढ़ती गई परन्तु यह क्रम नहीं बदला। बीस-पच्चीस वर्ष की आयु तक वे इसी प्रकार माता-पिता के सहारे ही आते-जाते थे। विवाह के उपरांत भी उनके परिवार की लड़कियों के मन से विभिन्न प्रकार के भय नहीं जा सके।

आज के वैज्ञानिक चिकित्सा विधि में व्यक्ति के मन से भय को हटाने के लिए निरंतर शोध के उपरांत ऐसा पाया गया है कि इस संबंध में कोई दवा विशेष लाभप्रद नहीं सिद्ध हो रही है। जिस विधि को 'व्यवहार विधि' कहते हैं। व्यवहार विधि अर्थात् ऐसा व्यवहार करना कि व्यक्ति अपनी उस अयोग्यता को जिसके कारण वह भयभीत है धीरे-धीरे समाप्त कर दे। जिस वस्तु से अथवा जिस स्थिति में उसे भय लगता है, धीरे-धीरे अधिकाधिक उसी वस्तु के समीप अथवा उस स्थिति में व्यक्ति को रखा जाता है। निरंतर ऐसे प्रयोगों के उपरांत व्यक्ति के मन से भय निकल जाता है। यह उसके व्यक्तित्व के विकास में एक महान बाधा है यदि माता-पिता प्रारंभ से ही इस ओर कुछ ध्यान दें तो बच्चों के भीतर भय की उत्पत्ति ही नहीं होगी। निर्भय रहना एक दैवी गुण है। यह व्यक्ति के व्यक्तित्व के विकास में अत्यधिक सहायक हो सकता है। ऐसे विचार जो व्यक्ति के मन में हीनता, चिंता, क्रोध आदि उत्पन्न करते हैं वे भी प्रत्यक्ष अथवा परोक्ष रूप से व्यक्ति को अकर्मण्य ही बना देते हैं। ऐसे बुरे विचारों से भी बचना आवश्यक है। ये विचार व्यक्ति के भीतर नकारात्मक शक्ति का सृजन करते हैं, साथ ही साथ सकारात्मक शक्ति का ह्रास भी करते हैं। व्यक्ति के भीतर उसके स्नायु तंतुओं को अत्यधिक उत्तेजित एवं शिथिल कर देते हैं। व्यक्ति की स्थिरता समाप्त हो जाती है। स्नायु तंतुओं में एकाएक उत्तेजना एवं स्थिरता आने से उसके भीतर की अनेक कोशिकाओं की उत्पादक-शक्ति नष्ट हो जाती है और वह कई रोगों से ग्रसित हो जाता है। रोगों से ग्रसित होना जहां उसके शरीर को हानि पहुंचाता है वहीं ऐसे विचार उसे अकर्मण्य बनाते हैं। आत्म-विश्वास और एकाग्रता से उसे दूर कर देते हैं। उसमें अयोग्यता की भावना की उत्पत्ति हो जाती है और उसका विपरीत प्रभाव व्यक्ति की सफलता पर पड़ता है। इन दुर्विचारों से बचने का सरल मार्ग यह है

कि मन में ऐसे नकारात्मक विचारों को उत्पन्न होते ही उन्हें सकारात्मक विचारों से धर दबोचिए।

जब चिन्ता, क्लेश आदि आपको दुखित करने वाले विचार आपके भीतर उत्पन्न हों तो पहले तो उन्हें मन से हटाने का प्रयत्न कीजिए। जब वे विचार ऐसा लगे कि सरलता से नहीं हट पा रहे हैं तो अपनी मनोस्थिति को बदलिए। उसे ठीक इन विचारों के विपरीत ले जाइए अर्थात् चिन्ता और दुःख के विपरीत प्रसन्नता और हर्ष उत्पन्न करने वाले विचारों का सजन कीजिए। अपने अतीत के पृष्ठों को उलटिए। पूर्व में जिन कार्यों से आपको अतिशय आनन्द की प्राप्ति हुई हो उसे अपने विचारों में लाइए। फिर वही हर्ष और उल्लास का अनुभव अपने मस्तिष्क में आ जाएगा। चेष्टा कीजिए यह अनुभव मस्तिष्क में बना रहे। फिर अतीत से वर्तमान की ओर आइए, सोचिए इन बुरे विचारों के उत्पन्न होने के पूर्व आपने कौन-सा कार्य करने का कार्यक्रम बनाया था। जिसे इन बुरे विचारों ने प्रभावित किया है। उस कार्यक्रम की ओर ध्यान दीजिए। मस्तिष्क में हर्ष और उल्लास के साथ-साथ अपने भावी कार्यक्रम की रूपरेखा तैयार कीजिए। दृढ़ता से निश्चय कीजिए और उस पर बढ़ चलिए। निश्चय ही आपके मन के बुरे विचार पुनः पुनः आकर आपको पथ-भ्रमित करने का प्रयास करेंगे। शीघ्र ही इन विचारों को इनके विपरीत वाले विचारों से निरस्त कीजिए। आलस्य उत्पन्न करने वाले विचारों से सदैव दूर रहने का प्रयास कीजिए। आलस्य से बचने का तो बस एक ही मार्ग है वह है कि अपने को क्रियाशील रखिए और कोई दूसरा मार्ग नहीं है। आप की साधारण भूल भी आपको आलस्य के चंगुल में फंसा दे सकती है। आलसी विचारों से बचिए। सोचिए अभी आपके जीवन में कितने ऐसे कार्य अपूर्ण पड़े हुए हैं जिन्हें आपको पूरा करना है। उन कार्यों के मधुर परिणामों की ओर अपना ध्यान घुमाइए। व्यक्ति का जीवन तो छोटा होता है और उसके सम्मुख रहता है ढेर सारा कार्य। अपने जीवन-काल में कई कार्यों को तो वह प्रारंभ ही नहीं कर पाता है। अनेक अपूर्ण रह जाते हैं जिनसे उसे कोई लाभ नहीं मिल पाता है। आपके द्वारा अपूर्ण स्थिति में छोड़े गए कार्यों का कोई परिणाम नहीं मिल पाता है। विश्व में जितने भी बड़े-बड़े कार्य हुए हैं यदि वे पूर्ण नहीं हो पाते तो उनके करने वाले व्यक्तियों को उसका श्रेय कैसे मिल पाता। समाज, राष्ट्र और विश्व कोई भी आपके अपूर्ण कार्यों का मूल्यांकन नहीं करता है। मूल्य तो उसी का मिलता है जिसे आपने पूर्ण कर दिया है। अनेक अपूर्ण ग्रन्थ अज्ञात लेखकों के घर में ही पड़े रह गए। न वे पाठकों के समक्ष आ सके और न उनका मूल्यांकन ही हो सका। ऐसे ही विचारों से प्रेरित होकर अपने अपूर्ण कार्यों की ओर ध्यान दीजिए। आलस्य के अंधकार से बाहर निकलिए और कार्य में जुट जाइए यही एकमात्र युक्ति है आलस्य पर विजय पाने की। जब भी कोई बुरा विचार आपके

मस्तिष्क में आए उसे उसी के विपरीत वाले अच्छे विचार से परास्त कीजिए। पढ़ने में यह युक्ति अति सरल प्रतीत होती है पर बिना लम्बे अभ्यास के इस पर चलना कठिन है। आज से ही इसका अभ्यास प्रारंभ कर दीजिए। कुछ दिनों में आप पाएंगे इस रीति से आपके अनेक बुरे विचार उत्तने प्रभावशाली नहीं रह पा रहे हैं जितने वे पूर्व में हो जाया करते थे।

जैविक रूप से सभी मनुष्य प्रायः एक से ही हैं। परमात्मा ने किसी व्यक्ति के साथ कोई अन्याय अथवा पक्षपात नहीं किया है। प्रायः सबको एक जैसा ही बनाया है, कुछ लोगों में यह त्रुटिपूर्ण विचार घर कर गया है कि वे कई कारणों से साधारण व्यक्ति ही हैं। मनुष्य की उन्नति मुख्यतः उसके अपने प्रयासों पर निर्भर करती है। प्रयास करना उसकी इच्छाओं पर निर्भर करता है। इच्छाएं उसके आचरण और व्यक्तित्व पर निर्भर करती हैं। आचरण और व्यक्तित्व उसके कर्म से बनता है। कर्म की उत्पति उसके मन में उठने वाले विचारों से होती है। विभिन्न विचार व्यक्ति के मन में सदैव उठते रहते हैं। वह जिन विचारों की ओर सबसे अधिक आकर्षित होता है वही उसकी इच्छा बन जाती है। विचारों को स्वीकार या अस्वीकार करना व्यक्ति की भावना की प्रबलता पर निर्भर करता है। जिसका प्रारंभ व्यक्ति के बाल्यकाल से ही माता-पिता, मित्र-परिजन, पास-पड़ोस के लोग अर्थात् सामाजिक परिवेश पर निर्भर करता है। उसी से उसके चरित्र और आचरण का निर्माण होता है। अर्थ यह हुआ कि व्यक्ति के द्वारा किए जाने वाले सभी कार्य एक वृत्ताकार परिधि में घूमते रहते हैं। उसका कर्म आचरण, प्रयास सभी इस पर निर्भर करते हैं कि उसने अपने विचारों को स्वीकार करते समय अपने विवेक का कितना उपयोग किया। उसका विवेकशील निर्णय जहां उसे उन्नति के शिखर पर पहुंचाता है वहीं उसका अविवेकी निर्णय पतन के गर्त में गिराता है। व्यक्ति के भीतर अनुचित और त्रुटिपूर्ण विचारों की उत्पत्ति ही इस बात का द्योतक है कि व्यक्ति विवेक से दूर जा रहा है और वह स्वयं अपने से कपट कर रहा है। यदि आप सूक्ष्मता से प्रकृति को देखें तो उसके सम्पूर्ण गुणों को आप भली-भांति समझ पाएंगे। हमारे बाह्य जगत में मुख्यतः प्रकृति हमें अपने तीन रूपों में प्रभावित करती है—शांति, क्रियाशीलता और जड़ता। जड़ता अर्थात् तम अर्थात् अंधकार, अंधकार से कर्म शून्यता उत्पन्न होती है। कर्म शून्यता से ही आलस्य की उत्पत्ति होती है। यह आलस्य का ही परिणाम है कि व्यक्ति अपनी सारी योग्यताओं को भूल जाता है, अपनी शक्ति का उचित अनुमान नहीं लगा पाता है, फलस्वरूप अपने भीतर उत्पन्न हो रही ऊर्जा का दुरुपयोग करता जाता है। ऐसा व्यक्ति इस विचार से ग्रसित रहता है कि परमात्मा ने उसे एक साधारण व्यक्ति की तरह जीवन बिताने के लिए ही यहां भेजा है। उन्नति का मार्ग उनके लिए भय का मार्ग बन जाता है। उनका आत्म-विश्वास खो जाता है और

वे अप्रत्यक्ष रूप से हीनता की भावना से ग्रसित हो जाते हैं। वैसे व्यक्ति ग्रह, भाग्य और भगवान को इसके लिए उत्तरदायी बनाते हैं। उनके भीतर की तमोगुणी प्रवृत्तियां उन्हें विवेक से हटाती रहती हैं। तमोगुणी प्रवृत्तियां उसे ऐसी वस्तुओं में आनन्द दिलाने लगती हैं जो उसके व्यक्तित्व के निर्माण में बाधक बन जाती है। विचारों के भले-बुरे की पहचान में भी उसे विवेक से दूर हटा देती है और उसे बाध्य करती है कि वह अपनी आत्मा की आवाज़ न सुने।

तमोगुणी प्रवृत्तियों से मुक्ति पाने की सरल युक्ति अपने को निष्क्रियता से निकालकर क्रियाशील बना देना है। प्रकृति को सूक्ष्मता से देखिए, शांति, जड़ता देखने में एक जैसे ही लगते हैं। साधारण व्यक्ति इस सूक्ष्म अंतर को पकड़ने में असफल रह जाते हैं। जो क्रियाशील है वह जड़ नहीं है, वह शांत भी नहीं है। जो शांत है वह क्रियाशील नहीं है और जो जड़ है वह भी क्रियाशील नहीं है। अति निम्न अथवा अति उच्च दोनों ही स्थिति देखने में लगभग एक जैसी लगती हैं पर सच में एक जैसी नहीं होती। यदि प्रकाश के स्पन्दन को देखें तो आपको स्पष्ट लगेगा कि अत्यधिक प्रकाश में अथवा अति निम्न प्रकाश में व्यक्ति कुछ भी नहीं देख सकता है। ध्वनि के संबंध में भी यही है मनुष्य न तो अति तीव्र ध्वनि को सुन सकता है और न अति मन्द को ही। तात्पर्य यह है कि अति उच्च और अति निम्न अर्थात् चरम स्थिति प्रत्येक वस्तु की एक ही जैसी बन जाती है। इसके अंतर को समझना साधारण व्यक्ति के लिए थोड़ा कठिन है। कुछ अज्ञानी व्यक्ति जड़ता को ही शांति समझ लेते हैं। शांति है व्यक्ति की चरम अवस्था। महानता। शांति मनुष्य की वह स्थिति जब वह समस्त आंतरिक शक्तियों का विकास कर लेता है। साधारण व्यक्ति का इस स्थिति में आना बड़ा कठिन है। शांति ही मुक्ति है। बाहर की मुक्ति और भीतर की मुक्ति। शत्रुओं से मुक्ति और मित्रों से मुक्ति। पूर्णतः मुक्त आत्मा ही इस स्थिति को प्राप्त कर सकती है। मुक्ति का अर्थ है पूर्ण स्वाधीनता। शुभ और अशुभ दोनों बंधनों से मुक्त। दोनों तो बंधन ही हैं एक है लोहे की जंजीर, तो दूसरा है सोने की जंजीर। जब व्यक्ति दोनों बंधनों से मुक्त हो जाएगा, शारीरिक और मानसिक कर्मों को करता हुआ भी उसकी आत्मा पूर्णतया बंधन मुक्त हो जाएगी।

इसके लिए पहले जड़ता का प्रतिकार करना होगा उससे मुक्ति पानी होगी, फिर व्यक्ति स्वतः क्रियाशील बन जाएगा। क्रियाशीलता की अंतिम कड़ी ही महाशांति है जिसे व्यक्ति क्रियाशीलता के उपरांत ही प्राप्त कर सकता है। जब तक वह अपनी मानसिक और शारीरिक दुर्बलताओं का प्रतिकार नहीं करेगा वह शांति की स्थिति में नहीं आ सकता है। प्रतिकार ही तो क्रियाशीलता है। जड़ता क्रियाशीलता और महाशांति ये सभी एक वृत्ताकार परिधि में घूमते रहते हैं। जब तक व्यक्ति जड़ता को तोड़कर उसका

प्रतिकार कर क्रियाशीलता में प्रवेश नहीं करेगा वह महाशांति में प्रवेश नहीं पा सकता। महाशांति व्यक्ति के व्यक्तित्व के विकास की चरम स्थिति है। अपने मौलिक विचारों पर दृढ़ता, प्रेम, स्थिरता, क्षमा, करुणा, दया गुणों से पूर्ण व्यक्ति उक्त स्थिति में पहुंच पाते हैं। यही तो सफलता का चरम शिखर है। यहां पहुंचने पर व्यक्ति निन्दा और स्तुति से परे चला आता है। दोनों में ही उसकी कोई रुचि और अरुचि नहीं रहती है, दूसरों का ध्यान न कर सदा सत्कर्म में लीन रहता है। उसके लिए न कोई शत्रु है न कोई मित्र यही तो महाशांति की स्थिति है। जिसे मनुष्य ढूंढ़ता चला आ रहा है। जो लोग इस स्थिति तक पहुंच पाए हैं उनकी ओर देखिए, उनमें और अन्य में अंतर इतना ही है कि एक ने ढूंढ़ने का प्रयास किया, ढूंढ़ा और पाया। ढूंढ़ना कब संभव है? जब व्यक्ति स्थिर न रहे। दूसरे ने ढूंढ़ने का प्रयास ही नहीं किया, प्रयास भी किया तो जड़ता को शांति समझ लिया और प्रकृति की इस माया से छला गया। उसे तो जड़ता और शांति में कुछ अंतर ही नहीं दिख पड़ा। दोनों व्यक्तियों में अंतर तो मात्र इतना ही है। जब तक व्यक्ति अपने अंदर उत्पन्न होने वाली उस ऊर्जा की महान शक्ति को नहीं जान पाएगा, उसे अपने आप पर, अपनी शक्ति पर कभी भरोसा नहीं होगा। वह सदैव अपने को एक साधारण व्यक्ति मानता रहेगा और उसी में संतोष का अनुभव करना सीख लेगा। उसकी उन्नति के सभी मार्ग अवरुद्ध हो जाएंगे। वह जड़ता में ही लीन रहेगा। वह ईर्ष्या, द्वेष, संशय, द्वन्द्व, प्रतिशोध आदि विकारों से घिरा रहेगा। अपने भीतर उत्पन्न होने वाले अच्छे विचारों को स्वीकार करने में उसके भीतर के ये विकार सदैव बाधक बनते रहेंगे। और अन्ततः ये विकार ही व्यक्ति पर हावी हो जाएंगे। वह जड़ता की कड़ी को ही तोड़ नहीं पाएगा, अंधकार अथवा अज्ञान के घेरे से बाहर ही नहीं निकल पाएगा, तो क्रियाशील कैसे बन पाएगा? क्रियाशील बनने के लिए तो उसे जड़ता, आलस्य, निद्रा, प्रमाद, गप्प जैसे विकारों से निकलना ही होगा। अपने मूल विचारों में आमूल परिवर्तन करना होगा। अपने अंदर बैठी हीनता की भावना को निकालना होगा।

यदि आप अपने को साधारण व्यक्ति समझते हैं और सोचते हैं कि आपको ऐसी ही अवस्था में रहने के लिए परमात्मा ने इस धरती पर भेजा है तो यह भ्रामक विचार आपके भीतर नकारात्मक ऊर्जा का सृजन करता है। यह ऊर्जा आपके समस्त विचारों को विपरीत दिशा में ढकेलने में सक्षम हो जाती है। और आपकी सफलता बहुत दूर चली जाती है। आप अपने विचारों से ही बीमार होते हैं, वहीं आपको रोगी बनाता है, वही आपको असफल बनाता है। भले-बुरे विचारों का विश्लेषण करते समय अपने से कपट न कीजिए। अधिकतर लोग कपट की शुरुआत स्वयं अपने-आप से ही करते हैं। यह दुर्भाग्य है। अपनी भूलों को स्वीकार नहीं करना, अपने त्रुटिपूर्ण निर्णयों के लिए

दूसरों को उत्तरदायी बनाना स्वयं अपने-आप से कपट करना ही हुआ। ऐसे विचार सदैव व्यक्ति के व्यक्तित्व के विकास में प्रतिकूल प्रभाव डालता है। ऐसे विचारों से बचिए। जब आपका व्यक्तित्व ही भली-भांति विकसित नहीं होगा, तो सफलता की दौड़ में आप आगे कैसे निकल पाएंगे। निष्कपट भाव से अपने विचारों का वर्गीकरण कीजिए बुरे विचारों से बचने का प्रयास कीजिए और अच्छे विचारें पर योजनाबद्ध तरीके से कार्य कीजिए। यदि आपके विचार अच्छे होंगे और आपका व्यक्तित्व भली-भांति विकसित रहेगा, आपके भीतर स्वतः ऐसी ऊर्जा उत्पन्न हो जाएगी, जिससे उस विचार को कार्यरूप में परिणत करने में महान् सहयोग मिल जाएगा। इस ऊर्जा का दुरुपयोग ही व्यक्ति के ह्रास का कारण होता है। इसे संचित कर रखिए और इसका अनावश्यक व्यय न कीजिए ठीक इसके विपरीत बुरे विचारों से एक दूसरी प्रकार की ऊर्जा उत्पन्न होती है। जिसका कार्य ही व्यक्ति के व्यक्तित्व का ह्रास करना है। इससे बचने का सहज उपाय यह है कि व्यक्ति अपने बुरे विचारों पर कोई कार्य ही न करें विचारों के भले-बुरे की पहचान पूर्ण सावधानी और निष्कपट भाव से करें। विवेकपूर्ण निर्णय लें और अपनी आत्मा की आवाज़ को सुनें और चेष्टा करें, उसके अनुकूल चलने की।

दूसरों में गुण देखिए

प्राचीन काल से ही जब से सभ्यता का विकास हुआ तभी से धीरे-धीरे कार्यों का बंटवारा भी हो गया। व्यक्ति का जीवन व्यक्तिगत न रहकर सामाजिक बन गया। वह बड़े समाज की एक छोटी इकाई बन गया। उसी काल से सामाजिक नियम बने। देश, काल और परिस्थितियों के अनुकूल इन नियमों में सदैव परिवर्तन होते रहे। अनेक परिवर्तनों के उपरांत इस आधुनिक सभ्यता का प्रादुर्भाव हुआ है। आज का व्यक्ति उस प्राचीनकाल के व्यक्ति से पूर्णतः भिन्न हैं इसकी आवश्यकताएं, समस्याएं, इच्छाएं और विचार सभी अपने पूर्वजों से अति भिन्न हैं। इस आधुनिक वातावरण में प्रत्येक व्यक्ति सफलता की दौड़ में निरन्तर दौड़ रहा हैं सभी विभिन्न मार्गों से एक ही स्थान के लिए दौड़ते जा रहे हैं। मार्गों की भिन्नता के कारण श्रम, विचार, व्यवहार और परिणाम में भिन्नता हो जाना स्वाभाविक हो गया हैं परन्तु कोई भी व्यक्ति आज इस दौड़ से पृथक रहने को तैयार नहीं है।

आज व्यक्ति की सफलता मात्र उसके द्वारा किए गए श्रम, एकाग्रता, धैर्य आदि पर ही निर्भर नहीं करती, वह इस पर भी निर्भर करती है कि व्यक्ति में व्यावहारिक ज्ञान की कितनी मात्रा उपलब्ध है। व्यावहारिक ज्ञान अर्थात् एक-दूसरे के साथ व्यवहार करने की विधि, उसका आचार-विचार, कार्य आदि आज के वर्तमान परिवेश में आप व्यवसाय से कुछ भी करें, जहां आगे बढ़ने की बात आती हैं, दूसरों के सहयोग की आवश्यकता आ पड़ती है। आप दुकानदार, वकील, बीमा एजेंट, मिल-मालिक, सरकारी कर्मचारी अथवा किसी भी पेशे से संबंधित हों आपकी सफलता दूसरों के सहयोग पर बहुत अधिक निर्भर करती है। जहां एक दुकानदार को एक सफल दुकानदार बनने के लिए अपने ग्राहकों के सहयोग की आवश्यकता है वहीं वकील को यह देखना है कि उसके मुवक्किल उसके पास अधिक से अधिक संख्या में आते रहें। एक बीमा एजेंट तो पूर्णतः दूसरों पर ही निर्भर है। जब तक दूसरे अपना बीमा कराना नहीं चाहेंगे तब तक वह एक सफल बीमा एजेंट नहीं बन पाएगा। मिल-मालिक जिसके यहां सैकड़ों लोग कार्य करते हैं, उसे तो पूर्णतः दूसरों से ही कार्य करवाना है।

सरकारी कर्मचारी जिन्हें प्रत्येक कार्यों के लिए अपने अधीनस्थ कर्मचारियों पर निर्भर रहना पड़ता है और उच्चाधिकारियों की इच्छा पर ही उनकी योग्यता का आकलन होता है। दूसरे शब्दों में उसकी योग्यता का आकलन इस पर निर्भर करता है कि वह कितनी क्षमता से अपने अधीनस्थ कर्मचारियों से कार्य करा पाता है और साथ ही साथ अपने कार्यों से अपने उच्च अधिकारियों को कितना प्रसन्न रख पाता है। अन्य सभी व्यवसायों को भी सूक्ष्मता से देखने पर यह स्पष्ट दृष्टिगोचर होगा कि आज प्रत्येक व्यक्ति अपनी सफलता के लिए स्वयं जितना कार्य करता है, उससे कई गुणा अधिक कार्य उसे दूसरे व्यक्तियों से अपने लिए करवाना पड़ता है। तात्पर्य यह हुआ कि व्यक्ति को समृद्धि, ख्याति, उन्नति और प्रतिष्ठा प्राप्त करने के लिए जितना श्रम अकेले करना पड़ता है उससे कम श्रम दूसरों से नहीं करवाना पड़ता है।

दूसरों से काम निकाल लेना ही आज की सबसे बड़ी उपलब्धि मानी जाती है। प्रत्येक व्यक्ति अपने जीवन में प्रतिदिन अनेक कार्य दूसरों से निकालने का प्रयास करता है। उसकी सफलता इस पर भी निर्भर करती है कि वह दूसरों से कितना अधिक कार्य निकाल पाता है। साधारणतः लोग ऐसा सोचते हैं कि किसी दूसरे व्यक्ति से कार्य निकालने में उसके असफल होने का कारण वह व्यक्ति है, पर सच्चाई इससे बिल्कुल भिन्न है। सरकारी कार्यालय हो अथवा निजी प्रतिष्ठान, किसी व्यक्ति विशेष से यदि आप कोई कार्य अपने अनुकूल नहीं करा पाते हैं तो उसके लिए उस व्यक्ति को दोषी मत बनाइए। सोचिए, आपसे कहां भूल हुई है, आप कहां चुक गए हैं, आप अपनी किस त्रुटि के कारण, उस व्यक्ति की मनोदशा ऐसी नहीं बना पाए कि उसके भीतर आपके अनुकूल कार्य करने की इच्छा उत्पन्न नहीं हो सकी? यह विषय जहां बहुत कठिन और जटिल है वहीं अति मार्मिक और संवेदनशील भी है।

साधारणतः व्यक्ति अपनी भूल स्वीकार नहीं करता है और यही उसके लिए अनेक छोटी-बड़ी असफलताओं का कारण बन जाता है। जब वह अपनी भूल स्वीकार ही नहीं करेगा, तब तक अपने चरित्र में परिवर्तन कैसे कर पाएगा? यह कोई आवश्यक नहीं है कि व्यक्ति सार्वजनिक रूप से अपनी भूल स्वीकार करें यदि अपने हृदय से ही वह मात्र इतना ही स्वीकार कर ले कि उससे एक भूल हुई तो भविष्य में उसका निराकरण करना सरल हो जाता है। होता यह है, जब हम किसी कार्य के लिए किसी दूसरे व्यक्ति के पास जाते हैं तो हमें सोचना चाहिए कि हमारे कार्य का होना अथवा नहीं होना मात्र इसी व्यक्ति की इच्छाओं पर निर्भर करता है। और वह व्यक्ति भी मनुष्य है, उसके भी अपने विचार हैं उसमें स्वतंत्र रूप से सोचने की शक्ति है। हम चाहते हैं उसे अपने कार्य के प्रति अपने अनुकूल प्रभावित करना, पर जब वह व्यक्ति प्रभावित नहीं हो पाता है और वह हमारा कार्य नहीं करता है तो हम उसे दुष्ट,

अन्यायी, बेईमान इसी प्रकार के विशेषणों से संबोधित कर अपने भीतर संतोष करते हैं। परन्तु इस साधारण बात की ओर हमारा ध्यान ही नहीं जा पाता है कि उस व्यक्ति से अपने मनोनुकूल कार्य नहीं करवा सकने का मूल कारण यह है कि वह व्यक्ति मुझसे अथवा मेरे कार्य से मेरी तरह ही प्रभावित नहीं हो सका। दूसरे स्पष्ट शब्दों में हमने ऐसा नहीं सोचा कि यह हमारी भूल है कि हम अमुक व्यक्ति को अपनी दिशा में प्रभावित नहीं कर सके। उस व्यक्ति के नहीं प्रभावित होने के अनेक कारण हो सकते हैं, उसी तरह व्यक्ति को प्रभावित करने के भी अनेक मार्ग हो सकते हैं। परन्तु मार्गों पर चलना तब तक संभव नहीं है जब तक आप इन्हे जाने नहीं। जानने के उपरांत भी आपको प्रयास और अभ्यास कर इन्हें धीरे-धीरे अपने चरित्र में उतारना पड़ेगा। आप देखेंगे कि इन मार्गों पर चलना कठिन नहीं है।

उच्च अधिकारियों, उद्योगपतियों, व्यवस्थापकों जैसे लोगों की सफलता मात्र उनके द्वारा किए गए कार्यों पर जितना निर्भर करती है उससे अधिक उनके अधीनस्थ कर्मचारियों के कार्यों पर निर्भर करती है। उन्हें अपने कार्यालय, कारखाने अथवा प्रतिष्ठान में अनेक लोगों से अनेक प्रकार के कार्य करवाने पड़ते है। ऐसे लोगों की योग्यता ही उनके द्वारा करवाए गए कार्यों पर आंकी जाती है। लोग भूल जाते हैं कि वे जिन व्यक्तियों से कार्य करवा रहे हैं उनसे अत्यधिक कार्य निकाल लेना ही उनकी सफलता है। आवेश तथा आवेग में आकर वे भूल जाते हैं कि उन्हें जिन लोगों से काम कराना है वे भी उन्हीं की भांति रक्त, मांस और मज्जा के बने मनुष्य हैं, उनके भीतर भी काम, क्रोध, लोभ, मद, ईर्ष्या, पक्षपात, द्वेष, अंहकार, आलस्य, अस्मिता और महत्ता की भावना उतनी ही मात्रा में विद्यमान है जितनी अन्य किसी व्यक्ति में विद्यमान रहती है। न वे संन्यासी है न तर्कशास्त्री, उन्हें भी कटु शब्दों से चोट लगती है। और विशेषकर जब ऐसे शब्द जो उनकी महत्ता पर आघात करें, उससे तो वे उसी प्रकार तिलमिला जाते हैं जैसे हम और आप अपने को महत्त्वपूर्ण दिखाने की भावना जिसे दूसरे शब्दों में महत्ता की भावना भी कही जाती है व्यक्ति में कूट-कूटकर भरी रहती है। इसी भावना से प्रेरित होकर हम अनेक कार्य जीवन में करते रहते हैं जिनकी सच में हमें कोई आवश्यकता नहीं है। कोई सैकड़ों जोड़े जूते, तो कोई लाखों रुपये मूल्य की दर्जनों घड़ियां खरीद लेता है। लोग रंग-बिरंगी कीमती मोटर गाड़ियां, अत्यंधिक कीमती टेलीविज़न, विशाल भवन और अनेक ऐसी वस्तुओं का अनावश्यक क्रय करते हैं। यदि हम इस विषय पर गहन चिन्तन करें तो ऐसा लगेगा कि साधारणतः ऐसा कार्य व्यक्ति अपनी महत्ता का प्रभाव दूसरों पर डालने की मनोभावना से ही करता है। उसकी महत्ता की भावना को उस समय तक तृप्ति नहीं मिलती है जब तक कोई दूसरा व्यक्ति उसके द्वारा किए गए इन कार्यों की बड़ाई नहीं करे। दूसरों की भांति उन लोगों

के भीतर भी ऐसी ही भावना विद्यमान रहती है। व्यक्ति के लिए पेट की भूख से कम महत्त्वपूर्ण उसकी महत्ता की भूख नहीं है। यह मनुष्य की एक ऐसी कमजोरी है जिसे वह आदिकाल से ढोए जा रहा है। प्राचीन भारतीय विचारकों ने तो इस संदर्भ में अति महत्त्वपूर्ण मत व्यक्त किया है जो इस प्रकार है :

"भूमैव सुखम् नाल्पे सुखं अस्ति"

अर्थात् महान अथवा अति विशालता में ही सुख है। अल्प, छोटा अथवा थोड़े में कोई सुख नहीं है। यही वह विचार है जो शताब्दियों से व्यक्ति को पकड़े चला आ रहा है। उसे सदैव अपने को दूसरों से बड़ा समझने में ही अधिक आनंद आता है। आपने अवश्य देखा होगा लोग अपने छोटे-छोटे बच्चों को बुलवाकर मित्रों के समक्ष उनसे कविता अथवा गीत का पाठ कराकर अपनी महत्ता का आनंद लेते हैं कोई किसी प्रकार से तो कोई किसी प्रकार से, अपनी महत्ता को जीवित रखता है।

इसी प्रकार की दूसरी वस्तु है तर्क। हम अनायास ही तर्क पर उतर जाते हैं। जब बड़े-बड़े ज्ञानी मनीषी और विद्वान व्यक्ति भी अपनी भूल स्वीकार नहीं करते हैं तो हमें लगता है साधारण व्यक्तियों से उनकी भूल को स्वीकार करवाते अनावश्यक बढ़ता जाता है तर्क, और वह परिणत हो जाता है कुतर्क में, पर निर्णय कुछ नहीं हो पाता। जीवन में तर्क और बहस करना एक महान् भूल है। जब हम अपनी भूलों को किसी भी परिस्थिति में कभी भी स्वीकार नहीं करते हैं तो दूसरों से ऐसी अपेक्षा रखना कितनी बड़ी भूल है। प्रत्येक कार्यालय में, कारखाने अथवा प्रतिष्ठान में, समय पर नहीं आने के कारण, अच्छा काम नहीं करने के कारण, अधिक काम नहीं करने के कारण अनेक लोग तर्क और कुतर्क करते रहते हैं। परन्तु इससे न तो उत्पादन ही बढ़ता है और न व्यक्ति में कार्य करने की क्षमता ही, फिर भी तर्क चलते ही रहते हैं। इन दोनों से बचिए। किसी की महत्ता पर कुठाराघात मत कीजिए। वह कितना ही छोटा पद का व्यक्ति क्यों न हो, उसकी महत्ता को जीवित रहने दीजिए। उसे अनायास तर्क में न घसीटिए। मनुष्य के कोमल हृदय में यह कांटे सा चुभन उत्पन्न करता है। उसके अंहकार को और अस्मिता को इससे ठेस लगती है। व्यक्ति के शरीर का घाव भर जाता है पर उसके मन की व्यथा, कटु शब्द जो उसकी आलोचना के रूप में कहे जाते हैं, उसे व्याकुल कर देते हैं। वह घाव मृत्युपर्यन्त नहीं भरता है। किसी की आलोचना करना एक महान भूल है इससे व्यक्ति के भीतर कोई सुधार नहीं आता है। माता-पिता की आलोचना से ऊब कर कई युवक-युवतियों ने आत्महत्या कर ली है। कुछ जो घर छोड़कर ही भाग गए, पतियों तथा पत्नियों की आलोचना के कारण कितनी पत्नियों और पतियों ने अपना जीवन समाप्त कर दिया है, ऐसे अनेक

उदाहरण आपको-आपके अगल-बगल स्वतः मिल जाएंगे।

जब दूसरों के साथ व्यवहार करने की बात उठती है तो सर्वप्रथम उन्हें तर्कशास्त्री तथा संन्यासी नहीं समझना चाहिए। उसके भीतर छिपे हुए अहंकार को कुरेदना नहीं चाहिए अन्यथा उसमें विस्फोट होने पर स्थिति भयावह हो सकती है। तालाब में मछलियां तभी पकड़ी जा सकती हैं जब उसके भीतर पानी में हलचल न हो। बाहर से ईंट फेंककर जल में हलचल पैदा कर देने के उपरांत मछलियां नहीं पकड़ी जा सकती हैं यदि आपको मछलियों के स्थान पर मनुष्यों को फंसाना है या अपने अनुकूल बनाना है तो व्यक्ति के भीतर छिपे अंहकार और महत्ता की भावना में हलचल उत्पन्न न कीजिए। हलचल उत्पन्न हो जाने से व्यक्ति के भीतर भयानक विस्फोट हो सकता है। व्यक्ति के भीतर महत्ता की भावना इतनी प्रबल रहती है कि उसी की तृप्ति के लिए वह अपने कारखाने, प्रतिष्ठान अथवा दुकान का नाम अपने अथवा अपने परिवार के अन्य किसी सदस्य के नाम पर रखता है। यहां तक कि भगवान के मंदिरों के नाम भी व्यक्ति अपनी महत्ता जताने के लिए अपने नाम पर रख लेता है। इसी भावना से प्रेरित होकर आज देश में अनेक बिड़ला मंदिर, अस्पतालों में अनेक बिड़ला और टाटा वार्ड बनाए हैं। अनेक धर्मशालाओं, विश्रामगृह, सिनेमाघरों आदि के नाम लोगों के नाम पर ही रखे गए हैं। महत्ता की भावना पर चोट पहुंचा कर आप अपने एक शुभचिन्तक से सदैव के लिए हाथ धो लेते हैं। उसकी महत्ता की भावना की तृप्ति कीजिए, उसे भी ऐसा समझने दीजिए कि उसका भी सृष्टि में कुछ स्थान है। उसकी उस विशेषता की ओर ध्यान दीजिए जिसकी तरफ आपने कभी नहीं देखा है।

संसार में कोई भी ऐसा व्यक्ति नहीं है जिसमें उसकी अपनी कुछ विशेषता न हो, अपना कोई गुण न हो। उसके उस गुण को, उस विशेषता को ढूंढ़िए, पारखी बनिए, तर्क से हटिए। जब उसकी विशेषता आपको मिल जाए जो उसे उजागर कर व्यक्ति की महत्ता की भावना की भूख को तृप्त कीजिए। कोई भी व्यक्ति कितना भी बड़ा महान सफल अथवा ज्ञानी क्यों न हो वह अपने सभी कार्यों को भले ही स्वयं कर ले, पर जब महत्ता की तृप्ति का प्रश्न आता है वह इस तृप्ति को बिना किसी दूसरों की सहायता के नहीं प्राप्त कर सकता है। ऐसा हो सकता है कि किसी व्यक्ति के पास कुछ ऐसी सामग्री हो जो अद्वितीय हो, उसका घर सम्पूर्ण शहर में सबसे भव्य और सुन्दर हो। उसने अनेक सुन्दर वस्तुओं का संग्रह किया हो। अपने भव्य और सुन्दर घर को देखकर अपने द्वारा संकलित कला के उत्कृष्ट नमूनों को देखकर भी उसकी महत्ता की प्यास नहीं बुझ सकती है। इसकी तृप्ति के लिए तो उसे एक दूसरे व्यक्ति की आवश्यकता पड़ती है जब कोई दूसरा व्यक्ति उसके भव्य और सुन्दर गृह की

प्रशंसा करता है उसके द्वारा संकलित उत्कृष्ट कलाकृतियों की सराहना करता है मात्र तभी जाकर उसके भीतर की महत्ता की भूख को तृप्ति मिलती है। धन, समृद्धि, सुख के सभी साधन, ऐश्वर्य आदि के रहते हुए सभी व्यक्ति अपनी महत्ता की भावना की तृप्ति नहीं प्राप्त कर सकता है। साधारणतः कोई भी व्यक्ति उस व्यक्ति को अपना सबसे प्रिय पात्र समझता है जिसके द्वारा उसके भीतर की महत्ता की भूख की तृप्ति होती है। यह एक मूलमंत्र है जो कहीं भी और कभी भी असफल नहीं होता है। यह एक ऐसा शस्त्र है जिससे बड़े-बड़े मनीषी, विद्वान, योद्धाओं को परास्त किया जा सकता है। परन्तु शस्त्रों की उपयोगिता मात्र उनकी क्षमता पर ही नहीं निर्भर करती है वह तो उस व्यक्ति पर भी निर्भर करता है जो उन्हें प्रयोग में ला रहा है। इस शस्त्र का प्रयोग करना सीखिए। निष्कपट भाव से दूसरों में गुण को देखिए, उनके दोषों से अपनी दृष्टि हटा लीजिए और उसके गुणों की प्रशंसा कीजिए।

कुछ लोग इस नकारात्मक विचार से पीड़ित रहते हैं और सदैव दूसरों में दोष ढूंढ़ते रहते हैं। इससे उनके भीतर एक नकारात्मक ऊर्जा उत्पन्न होती रहती है। इससे बचिए। दूसरों का गुण देखिए, उसकी चर्चा कीजिए, इससे आपके शुभचिंतकों की संख्या बढ़ेगी। उनके गुणों को अपने चरित्र में उतारने का प्रयास कीजिए। तब आप अपने भीतर अनेक ऐसे गुणों को उत्पन्न कर सकते हैं जिन्हें आपने दूसरों से सीखा है। आपके भीतर गुणों की संख्या बढ़ेगी। आपके व्यक्तित्व का अत्यधिक विकास होगा। अन्य व्यक्ति आपसे अधिक प्रभावित होंगे। परिवार और समाज में आपकी प्रतिष्ठा बढ़ेगी। व्यवसाय में उन्नति होगी। अर्थात् आप सफलता के निकट पहुंचते जाएंगे। इसका प्रयास कीजिए, यह उतना कठिन नहीं है जितना लोग समझते हैं, गुण किसी व्यक्ति विशेष का नहीं होता वह तो मात्र गुण है। जब आपने किसी व्यक्ति से कोई अच्छा गुण सीख लिया तो वह गुण उस व्यक्ति का न होकर आपका बन जाएगा। और उस गुण से अब आपको लाभ मिलने लगेगा। आज से ही प्रारंभ कर दीजिए। पहले दूसरों में दोष मत देखिए, मात्र उसका गुण ही देखिए। फिर उन गुणों को अपने चरित्र में उतारने का प्रयास कीजिए। इसमें हानि एकदम नहीं, मात्र लाभ ही लाभ है।

देखना सीखिए

सुनने में यह शीर्षक कुछ विचित्र सा लगता है। क्योंकि हम सभी यही जानते हैं कि व्यक्ति स्वतः देखता है और देखने के लिए उसे प्रशिक्षण की आवश्यकता नहीं है। जब मनुष्य छोटा रहता है वह चल नहीं सकता है, बोल नहीं सकता है तथा बैठने में भी असमर्थ रहता है, उसके शिशुकाल से ही उसके माता-पिता उसे उन सभी वस्तुओं को सिखाने लगते हैं, बताने लगते हैं जिनकी उसे भावी जीवन में आवश्यकता अनुभव होती है। माता-पिता शिशु को बैठना सिखाते हैं, खड़ा होना सिखाते हैं, बोलना, चलना, खाना आदि सिखाते हैं। यदि ऐसा कहें कि उन सभी वस्तुओं को सिखाते हैं जिन्हें वे ज़ानते हैं तो कोई अतिशयोक्ति नहीं होगी। शब्दों के उच्चारण से लेकर खाना-पीना तक सभी कुछ तो शिशु अपने माता-पिता से ही सीखता है। यदि शिशु को दो पैरों पर खड़े होकर चलना नहीं सिखाया जाए तो वह आजीवन खड़े होकर नहीं चल सकता है। उसे शब्दों के उच्चारण करने की विधि नहीं बताई जाए तो वह भली-भांति स्पष्ट नहीं बोल सकता है। एक बधिर शिशु जो प्रारंभ से ही सुनने में असमर्थ रहता है अपने माता-पिता द्वारा बोले गए शब्दों को भली-भांति पकड़ नहीं पाता है। यही कारण है कि वैसे बालक प्रायः गूंगे बन जाते हैं। इन सभी बातों का निष्कर्ष यह हुआ कि यदि शिशुकाल से मनुष्य को उसकी आवश्यकताओं की सभी बातों को बताया और सिखाया नहीं जाए तो बड़े होने पर उनको स्वतः सीख लेना, और उस संबंध में पूरी जानकारी प्राप्त कर लेना कठिन हो जाता है। जब मनुष्य सभी बातें सीखकर ही जान सकता है तो माता-पिता का यह कर्त्तव्य हो जाता है कि प्रत्येक विषय पर बालकों को ऐसी सभी जानकारी दे दी जाए जो बाद में उनके भावी जीवन के लिए उपयोगी सिद्ध हो।

आपने निश्चय ही अपने घर में, परिवार में तथा पास-पड़ोस में शिशुकाल से बच्चों को बढ़ते हुए देखा होगा। माता-पिता अपने बच्चों को कैसे बैठना, खड़ा होना, बोलना सिखाते हैं, इसे भी आप जानते होंगे। क्या कभी आपने किसी माता-पिता को अपने बच्चों को देखना सिखाते देखा है? शायद नहीं देखा होगा। क्योंकि लोगों में यह

भ्रांति है कि हमारी ज्ञान इन्द्रियां स्वतः कार्यशील बन जाती हैं, इसी भ्रम से ग्रसित होकर पीढ़ी-दर-पीढ़ी कोई अपने बच्चों को देखना नहीं सिखाता है। बोलना और खाना तक सिखाया जाता है परन्तु सभी ऐसा सोचते हैं और मानते हैं कि व्यक्ति के पास दो आंखें हैं जिनसे वह स्वतः देख सकता है। शायद आप भी ऐसा ही सोचते हों, पर सच्चाई इससे भिन्न है।

देखना एक कला है और किसी भी कला में निखार अथवा उत्कृष्टता बिना अभ्यास के नहीं प्राप्त किया जा सकता है। साधारणतः सभी सोचते हैं कि जिनके पास आंखें हैं, जो अंधे नहीं हैं, वे सभी देख सकते हैं। पर वे भूल जाते हैं कि आंखों के रहते हुए भी कुछ लोग कुछ वस्तुओं को नहीं देख पाते हैं क्योंकि उन व्यक्तियों ने देखने का अभ्यास नहीं किया है अथवा ऐसा कहें उन्हें देखना नहीं आता है। अपनी आंखों का पूर्ण उपयोग करने के लिए, उनसे अधिक से अधिक जानकारी प्राप्त करने के लिए, व्यक्ति को देखने की कला के संबंध में जानना आवश्यक है। यदि आप समुद्र के किनारे खड़े हों और आपको कहा जाए कि दूर बहुत दूर एक जहाज आ रहा है तो उसे ढूंढ़ने में आपको जहां अत्यधिक समय लगेगा वहीं एक नाविक उसी ज़हाज को अविलम्ब ढूंढ़ निकालने में सफल हो जाएगा। ऐसा इसलिए होता है कि नाविक ने अपनी आंखों को इस कार्य के लिए अत्यधिक प्रशिक्षित कर लिया है। बार-बार अनन्त समुद्र में नावों और जहाजों को ढूंढ़ते-ढूंढ़ते उसने एक विधि का आविष्कार कर लिया है अथवा ऐसा कहें कि अभ्यास ने इस दिशा में उसे सक्षम बना दिया है। जहां दूसरे व्यक्ति को इसी कार्य के लिए अत्यधिक समय लगाना पड़ता है वहीं वह इसे कुछ क्षणों में ही ढूंढ़ निकालने में सफल हो जाता है।

ऐसी घटना तो निश्चय ही आपके साथ घटित हुई होगी कि कभी आपका कोई मित्र, परिचित अथवा ग्राहक ऐसे समय में आपको ढूंढते-ढूंढ़ते आपके घर आ पहुंचा हो जब आप अपने घर में उपस्थित नहीं हो। आपकी पत्नी, बच्चे अथवा नौकर जो भी उस समय आपके घर में उपस्थित रहे हों उनसे उस व्यक्ति की बातचीत भी हुई हो। पर उस व्यक्ति ने यह कहकर अपना नाम नहीं बताया हो कि वह कल प्रातः पुनः आकर आपसे मिलेगा। जब आप अपने घर लौटे तो वहां आपको बताया गया कि एक व्यक्ति दोपहर में आपको ढूंढ़ने आया था और वह पुनः कल प्रातः आने को कह गया है। आपका जिज्ञासु मन व्याकुल हो उठेगा। मन के भीतर उस व्यक्ति के संबंध में पूरी जानकारी पाने हेतु व्याकुलता बढ़ती जाएगी और आप अनेक प्रश्न पूछने लगेंगे कि वह व्यक्ति कौन था, उससे किसने बातचीत की, जब आपकी पत्नी बच्चे अथवा नौकर जिससे उस व्यक्ति की बातचीत हुई हो और यदि यह कहें कि वह तो पुनः कल आएगा ही इसीलिए उसके संबंध में पूरी जानकारी नहीं ली गई और उसने अपना नाम नहीं

बताया तब आपका मन उस व्यक्ति के संबंध में जानने हेतु और उत्सुक हो उठेगा। आप पूछने लगेंगे कि वह व्यक्ति कैसा था? लम्बा था या छोटे कद का। मोटा था अथवा पतला-दुबला, उसने धोती पहन रखी थी अथवा पेंट, उसके बाल काले थे अथवा श्वेत, वह गोरा था या काला। इन अनेक प्रश्नों के उत्तर से आप अपने मस्तिष्क में बैठे संभावित व्यक्तियों की रूपरेखा में से किसी एक के संबंध में निर्णय करना चाहते हैं। परन्तु जब आपकी पत्नी बच्चे अथवा नौकर जिन्होंने उस व्यक्ति से कई मिनटों तक वार्तालाप किया है आपके इन साधारण प्रश्नों का उत्तर यह कहकर टाल जाते हैं कि इसमें चिंता की कौन सी बात है। वह तो कल पुनः आएगा ही। इस उत्तर से आपको संतुष्टि नहीं होती है। आप निश्चय ही खिन्न होकर उन्हें इतना तो अवश्य कह देंगे कि तुम लोगों ने उस आगन्तुक से इतनी देर तक बातचीत की और यह नहीं देख सके कि वह लम्बा था या छोटा, पतला था या नाटा था, धोती पहन रखी थी अथवा पैंट, उसके बाल काले थे अथवा श्वेत, पता नहीं किन कार्यों में तुम लोग व्यस्त रहते हो। वे निरुत्तर हो जाएंगे। कभी-कभी तो इस छोटी-सी बात को लेकर आपका मन अत्यधिक खिन्न हो जाता है, हो सकता है आप कई घंटों तक अपने मस्तिष्क में उस व्यक्ति को ढूंढ़ते रहे जो आपको ढूंढ़ने आया था। उपरोक्त स्थिति में यदि आप बच्चों पर क्रोधित हो जाएं तो आपकी पत्नी उनके बचाव में चली आएगी और किसी भी स्थिति में कोई यह नहीं मानेगा कि उन लोगों ने कोई भूल की है। थोड़े समय के बाद ही आप भी इस घटना को भूल जाएंगे। प्रायः ऐसी घटनाएं प्रत्येक व्यक्ति के जीवन में सदैव घटित होती रहती हैं। ऐसा क्यों होता है? इसका मुख्य कारण है हममें से अधिकांश देखना नहीं जानते हैं। उनके पास आंखें तो हैं परन्तु उन्होंने अपने भीतर देखने की कला का उचित अभ्यास नहीं किया है और यही कारण है कि वे देखते हुए भी सभी वस्तुओं को नहीं देख पाते हैं। यदि आपके घरवाले भली-भांति देखना जानते तो आपको उस व्यक्ति के नाम नहीं बताने के उपरांत भी एक ऐसी विस्तृत रूपरेखा बताने में सक्षम हो जाते कि आप अविलम्ब बिना किसी प्रयास और भूल के उस आगन्तुक के संबंध में सही निर्णय कर लेते। यदि आपसे कहा गया होता कि दोपहर में एक व्यक्ति आपको ढूंढ़ने आए थे उन्होंने अपने नाम नहीं बताया और कहा है कि कल प्रातः आकर आपसे मिलेंगे, यदि आप पूछते कि वह व्यक्ति कैसा था? और आपको उत्तर मिलता कि छोटे कद, मोटे शरीर वाले उस व्यक्ति ने खद्दर का कुर्ता और धोती पहन रखी थी। उसके बाल आधे श्वेत और आधे काले थे। उसने अपनी कलाई पर सुनहली घड़ी बांध रखी थी, ऐसी स्थिति में यह पता लगाने में आपको थोड़ा विलम्ब नहीं होता कि अमुक व्यक्ति कौन था? और आप शांत मन से कह देते, शायद वे दूबे जी थे। कोई विशेष बात नहीं है। परन्तु ऐसा तब तक संभव नहीं है जब

तक व्यक्ति देखना नहीं सीखे। देखने का अभ्यास तो व्यक्ति को बचपन से ही करना चाहिए। किसी वस्तु को कम से कम समय में अधिक से अधिक गहराई तक देख लेना ही सही अर्थ में देखना है।

अपने परिवार वालों की बात छोड़ दीजिए स्वयं आपके साथ भी ऐसा बराबर होता होगा, आप जिस मार्ग से अपने घर से अपने कार्यालय प्रतिदिन प्रातः जाते हैं और संध्या लौटते हैं उस मार्ग में अनेक ऐसी दुकानें होगी, तिज्ञापनों के कई बड़े-बड़े बोर्ड होंगे तथा कई अन्य प्रमुख वस्तु भी हो सकती है जिन्हे पार कर आप प्रतिदिन जाते हैं और आपने उन्हें आज तक नहीं देखा है। जब कभी उनके संबंध में कोई बात होती है तो आप अपने मस्तिष्क पर दबाव डालने लगते हैं कि अमुक बोर्ड कहां है अथवा अमुक दुकान सड़क की बाईं ओर है अथवा दाईं ओर। अपने किसी मित्र अथवा परिचित के घर जाते समय कुछ लोग बराबर उस घर से आगे चले जाते हैं, कभी किसी दूसरी गली में चले जाते हैं। आज जब सड़कों पर भीड़ अत्यधिक बढ़ गई है, यातायात नित्य-प्रतिदिन बढ़ते जा रहे हैं, दुर्घटनाएं सदैव होती ही रहती हैं। कभी-कभी ऐसा भी होता है कि दुर्घटना के उपरांत कोई चालक भागने में सफल हो जाता है और दुर्घटनास्थल पर जहां सैकड़ों व्यक्ति एकत्रित हो जाते हैं उनमें से किसी को भी उस चालक के गाड़ी का नम्बर दिखाई नहीं पड़ता है। कुछ लोग किसी के घर जाकर कमरे में बैठने के उपरांत भी दीवारों पर टंगी तस्वीर को नहीं देख पाते हैं। बिछावन पर बिछी चादर, उद्यान में खिले फूलों को, यहां तक कि बैठे हुए कमरे के दीवारों के रंग तक को लोग नहीं देख पाते हैं। ऐसा क्यों होता है? जिस कमरे में, कोई व्यक्ति किसी के यहां जाकर दो घंटे से भी अधिक समय बिताकर आता है, वह यदि यह कहे कि कमरे की दीवारों की रंग को उसने नहीं देखा है तो ऐसे व्यक्ति के पास आंखों का क्या उपयोग है?

हमारी पांचों ज्ञान-इन्द्रियों में हमारी आंखें ही ऐसी इन्द्रिय हैं जिसका उपयोग हम अपने जीवन में अत्यधिक करते हैं। यही कारण है कि प्रत्येक व्यक्ति अपनी आंखों पर ही अधिकाधिक निर्भर करता है। ऐसे तो हमारी सभी ज्ञान-इन्द्रियां एक से एक बढ़कर महत्त्वपूर्ण हैं, परन्तु सभी आंखों को ही सबसे महत्त्वपूर्ण मानते हैं। आंखों का चला जाना अथवा दृष्टिहीन बन जाना जीवित व्यक्ति के लिए सबसे अधिक कष्टकारक माना जाता है। परन्तु सोचिए तो इस इतनी महत्त्वपूर्ण वस्तु के रहते हुए भी यदि कोई व्यक्ति इसका अधिकतम उपयोग इसलिए नहीं कर पाता है कि उसे प्रारंभ से ही इस विषय की जानकारी नहीं दी गई तो यह कितना बड़ा दुर्भाग्य है। साधारणतः व्यक्ति का यह स्वभाव है कि वह अपनी भूल कभी स्वीकार नहीं करता है। और अपने गलत

कार्यों को सही सिद्ध करने के लिए गलत तर्क अथवा कुतर्क का सहारा लेता है। जब किसी व्यक्ति से आप पूछें कि दो घंटे कमरे में बैठने के उपरांत भी उसने कमरे की दीवारों के रंग का तथा दीवारों पर टंगे चित्रों को क्यों नहीं देखा? तो इसका उत्तर वह देगा कि मैंने इसकी कोई आवश्यकता नहीं समझी। तो इसका अर्थ हुआ कि व्यक्ति की आंखें स्वतः नहीं देखती हैं। जब व्यक्ति देखने की आवश्यकता अनुभव करता है तभी देखता है। आंखें तो निरंतर खुली रहती हैं, आपने ऐसा अभ्यास नहीं किया है कि आप स्वतः सभी वस्तुओं को देख सकें, तो आप आवश्यकता का बहाना बनाकर बात को टाल जाते हैं। जब व्यक्ति की आंखें जितनी देर तक खुली रहती हैं, देखती रहती हैं, तो फिर नहीं देखना आंखों का दुरुपयोग ही तो हुआ। अब आपको ऐसा लगने लगा होगा कि मात्र आंखों के रहने से ही और व्यक्ति के अंधा नहीं होने से ही वह सब कुछ नहीं देख सकता है। देखने के लिए उसे एक नियमित प्रशिक्षण एवं अभ्यास की आवश्यकता है जिसे व्यक्ति अपने बाल्यकाल से जीवन के अंतिम क्षण तक करता रहता है। जिसने उस अभ्यास की ओर से अपना ध्यान हटा लिया, अपने भीतर प्रदत्त शक्तियों का विकास करने में अपने को सक्षम नहीं बना पाया उसने कितना खोया है वह स्वयं नहीं जान सका।

माता-पिता को चाहिए कि बच्चों को खेल-खेल में आंखों से देखने की कला को बताएं। उन्हें किसी वस्तु को शीघ्रता से और सूक्ष्मता से देखने की ओर उन्हें आकर्षित करें। उनसे इस संबंध में सदैव प्रश्न पूछें। घर में ऐसा वातावरण तैयार करें कि बालक की रुचि इस ओर बढ़ें। जब ऐसा होगा तब बाल्यकाल से ही वैसे बालक अपनी आंखों का उचित उपयोग करने लगेंगे। आंखें बहुमूल्य हैं, यदि ऐसी मूल्यवान वस्तु का हम अत्यधिक उचित उपयोग नहीं कर सकें तो इनके रहने या नहीं रहने से कोई विशेष अंतर नहीं पड़ता है।

मनुष्य की बनावट ऐसी है कि वह सदैव अपनी पांचों ज्ञान इन्द्रियों द्वारा दी जा रही सूचनाओं को मात्र जब ही स्वीकार करता है जब वह चेतन अवस्था में रहे। सूचनाओं को स्वीकार करना व्यक्ति की चेतन अवस्था की गहराई पर निर्भर करता है। वह जितना अधिक चेतन अवस्था में रहेगा उतनी शीघ्रता और सूक्ष्मता से उन सूचनाओं को ग्रहण का पाएगा। आपने अवश्य देखा होगा कई बार आपकी आंखों के समक्ष कितनी ऐसी वस्तु आती और जाती रहती है जिसे आप सूक्ष्मता से नहीं देख पाते हैं। आंखें तो आपकी वही हैं जिनसे आप कभी किसी वस्तु को अधिक सूक्ष्मता से देख लेते हैं। उन्हीं आंखों से थोड़ी देर बाद कई दूसरी वस्तुओं को आप सूक्ष्मता से नहीं देख पाते हैं। ऐसा क्यों होता है? क्योंकि आपका मस्तिष्क उस समय पूर्ण चेतन अवस्था में नहीं रहता है अथवा उन सूचनाओं को ग्रहण करने की इच्छा नहीं रखता

है। चेतन अवस्था में व्यक्ति आंखों को बंद करके भी देख सकता है। वह अपने मानस पटल पर इच्छानुसार वस्तु की सूक्ष्मता को माप सकता है। परन्तु इसके लिए उसे अभ्यास की आवश्यकता होती है। आपने अवश्य देखा होगा, किसी नेत्रहीन भिखारी को रेल के एक डिब्बे से दूसरे डिब्बे में जाकर भिक्षाटन करते हुए। प्रतिदिन प्रातः बिना किसी व्यक्ति की सहायता के अपने गांव के घर से रेलवे स्टेशन तक छड़ी या डंडे के सहारे आ जाता है। ट्रेन पर भिक्षाटन करता है फिर उसी ट्रेन से ही लौटता है, अपने स्टेशन पर उतरता है और बिना किसी की सहायता के धीरे-धीरे कई स्थानों पर सड़क पार करता हुआ अपने घर पहुंच जाता है। ऐसे एक नहीं अनेक भिखारी आपको मिल जाएंगे। कितना कठिन कार्य है बिना आंखों के देखना। फिर भी प्रयास और अभ्यास से इन नेत्रहीन लोगों ने इसे बहुत दूर तक संभव बना लिया है। यह मात्र उनकी चेतन अवस्था है कि वे नेत्रहीन रहते हुए भी अपने मानस-पटल पर ट्रेन, प्लेटफार्म, रास्ते, पगडंडी और अपने घर तक को देख पाता है। भूल तो कभी-कभी इनसे भी हो ही जाती है परन्तु वह भूल इसलिए नहीं होती है कि इनके पास आंखें नहीं हैं। भूल का मुख्य कारण उसके चेतन अवस्था की कमी है। इस प्रकार के अनेक उदाहरण आपको मिल जाएंगे, आप ढूंढ सकते हैं।

आपने कभी अपने बारे में सोचा? आप कितने भाग्यशाली हैं आपके पास देखने के लिए दो आंखें हैं। इन आंखों के होते हुए भी यदि कोई कुछ नहीं देख पाता है, ऐसा कहें कि वह आंशिक देखता है तो यह कितने दुर्भाग्य की बात है। पर इसका कारण यही है कि लोग समझते हैं कि देखना स्वाभाविक है और इसके लिए अभ्यास की कोई आवश्यकता नहीं है। सच्चाई इससे बिल्कुल भिन्न है। देखना एक कला है, जिसमें उत्कृष्टता प्राप्त करने के लिए अन्य कलाओं की भांति ही आपको निरंतर अभ्यास करते रहना होगा अन्यथा आप जीवन-पर्यंत इसमें भूल करते जाएंगे। अपने घर में, बाज़ार में, शहर में तथा अन्य सभी स्थानों पर आप जहां-जहां जाएंगे कुछ ही देख पाएंगे और कुछ नहीं देख पाएंगे। आंखें बहुमूल्य हैं, इनसे अधिक से अधिक लाभ उठाइए क्योंकि आपकी सफलता में आपके देखने का बहुत बड़ा योगदान है। देखने का सीधा प्रभाव व्यक्ति की स्मरण-शक्ति पर पड़ता है। व्यक्ति जिन वस्तुओं को अपनी भूल के कारण नहीं देख पाता है अथवा मात्र आंशिक रूप से देखता है, उसे वह स्मरण ही नहीं रख पाता है।

कुछ लोग कहते हैं उनकी समरण-शक्ति बहुत कमज़ोर है। इसके विपरीत बहुतों को बहुत-सी बातें बहुत दिनों तक स्मरण रहती हैं। यदि स्मरण-शक्ति के संबंध में हम गूढ़ता से सोंचे तो स्मरण-शक्ति न किसी की कमज़ोर होती है और न किसी की मजबूत। हम इसे मुख्यतः दो भागों में विभक्त कर सकते हैं। एक प्रशिक्षित, दूसरा

अप्रशिक्षित। अप्रशिक्षित स्मरण-शक्ति से कुछ भी लाभ लेना कठिन है। स्मरण-शक्ति को प्रशिक्षित करने का सहज तरीका है अत्यधिक चेतन अवस्था में रहना। क्योंकि मात्र चेतन अवस्था में ही आपके मस्तिष्क में पड़े पूर्व के अनुभव और अनुभूतियों को सरलता से पुनः स्मरण किया जा सकता है। इसमें व्यक्ति के देखने, सुनने जैसी वस्तुओं का बहुत अधिक महत्त्व होता है। साधारण व्यक्ति इसे समझ नहीं पाते हैं और वे बात को स्मरण नहीं रखने का बहाना बनाकर इसे टाल जाते हैं।

जिसे ठीक से देखना नहीं आएगा, वह सदैव आंखों के रहते हुए भी संसार की अनेक वस्तुओं को नहीं देख पाएगा। जब उसे देखना आ जाएगा वह वस्तु की गहराई में जाकर ऐसी बातों को ढूंढ़ निकालेगा जो दूसरे सामान्य लोग साधारणतः नहीं कर पाएंगे। आपकी आंखें स्थूल वस्तु में भी पारदर्शी बनकर उसकी भीतरी तथ्य को भी देख सकती हैं। किसी व्यक्ति की मुखाकृति को देखकर उसके मस्तिष्क में उस समय उठ रहे विचारों को सरलता से समझ सकते हैं। यदि आपने अपनी आंखों का उचित दिशा में उपयोग करना सीख लिया, अपने को अत्यधिक चेतन अवस्था में रखना सीखा तो आप अपनी अन्य ज्ञानेन्द्रियों से भी अधिकतम लाभ उठाने में सक्षम बन जाएंगे। आपकी इन्द्रियां आपकी दासी हैं और उनसे अधिक से अधिक लाभ उठाकर ही उनका सदुपयोग किया जा सकता है। इस साधारण-सी बात को अनेक लोग भूल जाते हैं और वे स्वयं इन्द्रियों के दास बनकर रह जाते हैं। परमात्मा ने मनुष्य को उसकी रक्षा, सुख-सहायता और आनन्द के लिए उसे इन्द्रियां प्रदान की हैं, परन्तु होता इसके विपरीत ही है। हममें से अधिकांश इन्द्रियों को अपनी इच्छानुसार चलाने में सक्षम नहीं हो पाते हैं। उनका अत्यधिक उपयोग नहीं कर पाते हैं और स्वयं उनकी इच्छानुसार चलने लगते हैं। यही तो मनुष्य की सबसे बड़ी भूल है। जिस दिन वह जान जाएगा, समझ लेगा कि परमात्मा ने उसे इन बहुमूल्य इन्द्रियों से इसलिए सुसज्जित किया है कि वह इनका अधिक से अधिक उपयोग कर अपने जीवन को सुखमय और आनंदित बना सके, तो उसे इनके उपयोग करने की विधि स्वतः आ जाएगी।

सदा प्रसन्न रहिए

साधारणतः मनुष्य ऐसा समझता है कि उसका प्रसन्न रहना उसके निकट की परिस्थितियों पर निर्भर करता है। परिस्थितियां यदि मनोनुकूल रही तो व्यक्ति प्रसन्न रहता है और विपरीत रहने पर दुःखी अथवा अप्रसन्न हो जाता है। परन्तु सच में ऐसी बात नहीं होती है। व्यक्ति का प्रसन्न और अप्रसन्न रहना परिस्थितियों पर न होकर व्यक्ति के चरित्र पर निर्भर करता है। उसकी इस आदत पर निर्भर करता है जिसे उसने अपने चरित्र में उतार लिया है। प्रत्येक व्यक्ति की आदतों में भिन्नता होती है, इसी कारण एक ही परिस्थिति, घटना अथवा प्रसंग में एक व्यक्ति प्रसन्न होता है तो वहीं दूसरा प्रसन्न नहीं हो पाता है। इन आदतों की उत्पत्ति बाल्यकाल से ही उसके भीतर प्रारंभ हो जाती है। इसे दूसरे शब्दों में ऐसा भी कहा जा सकता है कि व्यक्ति प्रसन्नता और अप्रसन्नता का अनुभव अपनी आदतों के अनुसार ही करता रहता है।

बसन्त ऋतु में रंग-बिरंगे फूलों को खिला देखकर जहां एक व्यक्ति अनायास ही रूक जाता है, अपनी सारी व्यथा भूलकर प्रकृति के उस सौन्दर्य में लीन हो जाता है, गुलाब की कोमल पंखुड़ियों पर उसकी दृष्टि रूक जाती है, वह सब कुछ भूल जाता है, आत्म-विभोर हो जाता है। ठीक इसके विपरीत एक दूसरा व्यक्ति जो उसी उद्यान के बीच से किसी एक स्थान से दूसरे स्थान को जा रहा है, अपनी दैनिक समस्याओं में अपने को इतना उलझा हुआ पाता है कि उन पुष्पों का कुछ भी प्रभाव उसकी प्रसन्नता और अप्रसन्नता पर नहीं पड़ता है। वर्षा-ऋतु में काले-काले बादलों के गर्जन, शीतल वायु के झकोरे, ऋतु की रस-भरी फुहार कुछ लोगों को जहां मंत्रमुग्ध कर लेती है, वे सब कुछ भूल जाते हैं, प्रकृति के इस मनोरम दृश्य को देखकर, वहीं कुछ लोगों के लिए ये महत्त्वपूर्ण बन ही नहीं पाते हैं नदी, झरने जैसे अनेक प्राकृतिक दृश्य जिसे देखने दूर-दूर के लोग आते हैं, अपनी सारी व्यथा, समस्या और उलझनों से मुक्त होकर कुछ समय के लिए प्रकृति में खो जाते हैं। प्रसन्नता, हर्ष और प्रेम में डूब जाते हैं, उन्हीं में से कुछ लोग इन्हीं दृश्यों को अति साधारण मानकर उसके आनन्द से वंचित रह जाते हैं माता-पिता को चाहिए कि बालक-बालिकाओं में प्रारंभ से ही प्रकृति के प्रति रुचि उत्पन्न कराएं।

प्रकृति के अतिरिक्त अनेक ऐसी वस्तुओं की ओर आप अपना ध्यान ले जा सकते हैं जिनमें डूबकर आप आनन्द और आनन्द के अतिरिक्त कुछ भी अनुभव नहीं कर सकते हैं। समस्याओं और उलझनों से हटकर थोड़ी देर के लिए आनंदित होना सीखिए। किसी वाद्य यंत्र के मधुर संगीत से जब आपका मन विभोर हो उठेगा तब आप ऐसा अनुभव करने लगेंगे कि आप कुछ क्षणों के लिए अपनी सारी समस्याओं से हट गये हैं। रंग-बिरंगे पर वाले पक्षी और तितलियों में अपने को भुला देने का प्रयास कीजिए। कुछ लोग जो संगीत में रुचि रखते हैं, उसमें थोड़ी देर के लिए सब कुछ भूल जाते हैं, वहीं दूसरे लोग जिन्हें आनंदित होना नहीं आता है, उसे एक बकवास समझते हैं।

यह हुई दूसरी वस्तुओं में लीन होकर आनन्द प्राप्त करने की विधि। इससे व्यक्ति समस्याओं और तनाव से कुछ देर के लिए मुक्त हो जाता है। जिन लोगों ने प्रकृति सौन्दर्य, संगीत, कला आदि वस्तुओं में आनन्द का अनुभव नहीं करना सीखा उनके लिए इन वस्तुओं का कोई मूल्य ही नहीं रह जाता है। प्रयास कीजिए और अभ्यास कीजिए इन वस्तुओं में अत्यधिक आनन्द भरा पड़ा है। आप कितना निकाल पायेंगे उससे। व्यक्ति अपनी जटिल से जटिल समस्याओं को भी भूलकर इन वस्तुओं के आनन्द में डूब सकता है, मात्र अभ्यास की ही तो आवश्यकता है।

कुछ व्यक्ति घटित घटनाओं के मात्र उसी पक्ष पर अधिक ध्यान देते हैं। जो उनके पक्ष में नहीं जाता है और उस ओर ध्यान ही नहीं देते हैं जो उनके पक्ष में आता हैं फलस्वरूप उन्हीं घटनाओं से जहां दूसरे व्यक्ति अप्रसन्न नहीं रहते हैं वहीं ऐसे व्यक्ति अप्रसन्न रहते हैं। धीरे-धीरे यह व्यक्ति की आदत बन जाती है और वह चाहकर भी प्रसन्न नहीं रह पाता है। इसके विपरीत जो व्यक्ति घटनाओं के सकारात्मक पक्ष की ओर अधिक ध्यान देते हैं, वे उससे आनंदित होते हैं।

आज कल अधिकाधिक मनुष्य मानसिक तनाव से ग्रसित रहते हैं। तनाव के कारण तो अनेक हो सकते हैं परन्तु उसका परिणाम एक ही होता है कि व्यक्ति प्रसन्नता से दूर हट जाता है और अनेक व्याधियों के चक्रव्यूह में पड़ जाता है। मन को तनाव रहित रखने का प्रयास कीजिए। जब इस विषय में आप गहन चिन्तन करेंगे तो आपको ऐसा लगेगा कि अनेक छोटे-मोटे कारणों से व्यक्ति के भीतर क्रोध की उत्पत्ति होती है। क्रोध ही व्यक्ति को प्रसन्न नहीं रहने देने में सबसे अधिक प्रभावी होता है। साधारणतः व्यक्ति अपने द्वारा किए कार्यों के प्रतिकूल परिणाम पर भी कभी क्रोधित नहीं होता है इसके विपरीत वह ऐसी दशा में प्रतिकूल फल के लिए ऐसी वस्तुओं को उत्तरदायी बना लेता है जो सच में उसके लिए उत्तरदायी नहीं है। ऐसा सोचकर वह अपने को आश्वस्त करता है। ईर्ष्या, द्वेष, क्षोभ और प्रतिशोध जैसी बातों से व्यक्ति

के भीतर क्रोध की उत्पत्ति होती है। जब भी क्रोध की बात उठती है तो व्यक्ति के मानस पटल पर एक अन्य दूसरी वस्तु अथवा व्यक्ति का चित्र अनायास ही चला आता है। इसे दूसरे शब्दों में ऐसा भी कहा जा सकता हैं कि साधारणतः व्यक्ति दूसरी वस्तुओं या व्यक्तियों पर ही क्रोधित हो पाते हैं। और इसके विपरीत व्यक्ति अपने आप पर कभी क्रोधित नहीं होता है। अपनी गलतियों के लिए भी अपने पर बहुत कम ही लोग क्रोधित हो पाते है। कुछ लोगों को कभी-कभी अपने पर क्षोभ और ग्लानि अवश्य होती है परन्तु वह भी बहुत कम। क्रोध वह अग्नि है जो व्यक्ति के भीतर दूसरी वस्तु अथवा व्यक्ति को भस्मीभूत कर देने के लिए ही प्रज्वलित होती है। परन्तु इसका परिणाम पूर्णतः विपरीत दिशा में हो जाता है, जिसको जलाने के लिए यह अग्नि प्रज्वलित होती है। अर्थात जिस पर व्यक्ति क्रोध करता है उससे कम हानि उस व्यक्ति को भी नहीं होती है जो क्रोध करता है। क्रोध करना, क्रोधित रहना, एक मानसिक विकार है। ईर्ष्या और प्रतिशोध के अतिरिक्त क्रोध की उत्पत्ति व्यक्ति की अपेक्षाओं से भी होती है। क्रोध न करना, क्षमा दान देना, व्यक्ति को अत्यधिक सहिष्णु और प्रसन्न बनाता है। यदि हम अपनी अपेक्षाओं का एक बार पुनरावलोकन करें तो इस संबंध में अपनी भूल को पकड़ पाना अत्यधिक सरल हो जायेगा। साधारणतः व्यक्ति दूसरों पर इसलिए क्रोध करता है क्योंकि जैसी अपेक्षा दूसरे से रखता है उसकी पूर्ति नहीं हो पाती है। अथवा उसे पूर्ण करने में दूसरा व्यक्ति असमर्थ रह जाता है।

संसार में एक व्यक्ति की प्रतिभा दूसरे से नहीं मिलती है। व्यक्ति के विचार, उसके सोचने का ढंग, उसके रहने का ढंग, सभी दूसरों से भिन्न रहता है। प्रत्येक व्यक्ति के मानसिक विकास का स्तर भी प्रायः भिन्न ही रहता है। ऐसी स्थिति में अपने जैसा ही दूसरों को मान लेना सबसे बड़ी भूल है, इसी भूल से ग्रसित होकर हम अनेक समस्याओं को जन्म देते रहते हैं। हम ऐसा सोचने लगते हैं कि जो हम कर रहे हैं जैसा हम सोचते हैं विचार करते हैं, या आचरण करते हैं वही उचित है और दूसरे जो सोचते है, विचार करते हैं, जैसा आचरण करते हैं वह अनुचित है। इतनी साधारण सी बात हम भूल जाते हैं कि यदि उस व्यक्ति के स्थान पर हम स्वयं रहते तो हम भी वहीं करते जो वह कर रहा है। भारतवर्ष के बदले यदि आज कोई व्यक्ति अफ्रीका के घने जंगल में जन्मा रहता तो वह भी वही करता जो वहां के जंगली करते हैं। यदि वही व्यक्ति अफ्रीका के बदले साइबेरिया में पैदा होता तो वह वैसा ही करता जैसा वहां के स्कीमों करते हैं। उसका रहन-सहन, बोल-चाल, पूजा-अर्चना, खान-पान सब कुछ उन्हीं लोगों जैसा होता जिनके बीच वह रहता। अपनी दृष्टि से दूसरों को देखना एक भयानक भूल है। शिक्षक जब छात्रों को पढ़ाते हैं तो भूल जाते हैं कि उस आयु में उस

अविकसित मानसिक स्थिति में, वे भी वैसी ही भूल करते थे जो अभी वह छात्र कर रहा है। पर वे अभी उन बच्चों की भूलों के लिए क्रोधित हो जाते हैं। यदि व्यक्ति अपने को दूसरों की परिस्थिति में रखकर सोचे तो निश्चय ही उसके भीतर उस व्यक्ति के प्रति क्रोध नहीं उत्पन्न होगा। यदि व्यक्ति के भीतर क्रोध उत्पन्न नहीं हो तो प्रायः वह सामान्य स्थिति में रह सकता है। सामान्य मानसिक स्थिति में रहकर किसी विषय पर विचार करना, चिन्तन करना आदि सरल हो जाता है। तब व्यक्ति के भीतर अप्रसन्न होने की भावनाएं क्षीण हो जाती हैं। वह अपना अधिक समय प्रसन्नता एवं हर्ष में बिता सकता है।

मनुष्य के जीवन में सदैव कोई न कोई घटना घटित होती ही रहती है। घटनाओं का क्रम अबाधित रूप से उसके सम्पूर्ण जीवन में चलता रहता है। सृष्टि के सभी अंगभूत तत्त्व, कण-कण, सभी समय अविरत और अविराम गति से चलते ही रहते हैं। प्रत्येक घटित घटना, जो किसी व्यक्ति से संबंधित है, अथवा उस समाज से संबंधित है, जिसमें वह व्यक्ति है, उसका प्रभाव निरतंर व्यक्ति पर पड़ता रहता है। कुछ घटनाओं का परिणाम व्यक्ति के विपक्ष में चला जाता है। जिन घटनाओं का परिणाम व्यक्ति के पक्ष में नहीं आता है उनसे व्यक्ति के भीतर क्रोध क्षोभ और असंतोष की उत्पत्ति होती है। इसके विपरीत जिन घटनाओं का परिणाम व्यक्ति के पक्ष में आता है उनसे प्रसन्नता और हर्ष का अनुभव होता है। प्रयास तो प्रत्येक व्यक्ति यही करता है कि सभी घटनाओं का परिणाम उसके पक्ष में हो जाए परन्तु ऐसा होना असंभव है। क्योंकि कई घटनाओं के संबंध में कई ऐसी बातें होती हैं जो व्यक्ति की परिधि के बाहर होती हैं। जिसपर उसका नियंत्रण नहीं रहता है। उससे कई ऐसे तत्व संबंधित रहते हैं जिनके संबंध में व्यक्ति अनभिज्ञ रहता है, और वह ऐसे कई मामलों के संबंध में अज्ञानी रहते हुए भी उससे सम्बद्ध हो जाता है। तात्पर्य यह हुआ कि सभी घटनाओं के परिणाम पर व्यक्ति का अपना नियत्रंण नहीं रहता है जब उसका नियंत्रण ही उनपर नहीं है। तब उनके लिए पक्ष में होने की अपेक्षा करना कैसे उचित माना जा सकता हैं ऐसे परिणामों पर दुःखित अथवा क्रोधित होना सदैव एक भूल ही है। ऐसी भूलों से बचने का प्रयास करना चाहिए और उन पर क्रोध अथवा असंतोष नहीं करना चाहिए। क्योंकि आप चाहकर भी उसके परिणाम में कोई परिवर्तन नहीं कर सकते हैं। निश्चय ही आप अपने मित्रों में से कुछ ऐसे लोगों को ढूंढ़ निकाल सकते हैं। जो कई ऐसी घटनाओं के लिए दुःखित परेशान और क्रोधित रहते हैं। उनका ऐसा रहना धीरि-धीरि उनकी आदत बन जाती है। और वे इससे सरलता से छुटकारा नहीं पा सकते हैं। गर्मी अथवा जाड़े के दिनों में कुछ लोग इसलिए दुःखित रहते हैं क्योंकि मौसम उसके मनोनुकूल नहीं है। रेलगाड़ी विलम्ब से आने से भी व्यक्ति परेशान हो

जाते हैं। बाजार में बढ़ते और घटते मूल्यों पर अधिकांश व्यक्ति दुःखित और परेशान रहते हैं। जहां घटनाओं का परिणाम आपके वश में नहीं वहां अपनी योजनाओं में फेर-बदल कर इच्छित परिणाम पाने का प्रयास ही किया जा सकता है। असंतोषी और क्रोधित होने से कोई लाभ नहीं हो सकता है। क्रोध के अतिरिक्त ईर्ष्या, निराशा, हीनता, महत्ता आदि के विचार भी व्यक्ति के प्रसन्न रहने में बाधक बनते रहते हैं। ईर्ष्या की अग्नि तो इतनी भयावह है कि उसमें जलकर व्यक्ति मरता तो नहीं है पर धीरे-धीरे छीजता ही जाता है। अनेक छोटी-छोटी सफलताओं के बाद भी उसके भीतर का ईर्ष्यालु स्वभाव उसे चैन से नहीं रहने देता है। जिन सफलताओं के कारण व्यक्ति के भीतर आनन्द की उत्पत्ति होनी चाहिए, उसके ईर्ष्यालु स्वभाव के कारण उसका आनंदित होना तो दूर रहा उसके तन और मन में ईर्ष्या की अग्नि की ताप बढ़ती जाती है और प्रसन्नता एवं आनन्द जैसी वस्तु की उत्पत्ति ही नहीं हो पाती है, यह एक मानसिक विकार है, इससे छुटकारा पाने की सरल विधि है, अपने दृष्टिकोण में परिवर्तन। दूसरे के द्वारा प्राप्त की गई सफलताओं के अतिरिक्त उसके द्वारा किए गये श्रम की ओर भी ध्यान दीजिए। पर अधिकतर मामलों में उसका श्रम अदृश्य ही रह जाता है, श्रम दिखायी ही नहीं देता है और परिणाम को देखकर दूसरों में ईर्ष्या की उत्पत्ति होती है। थोड़ा पारखी बनिए। सूक्ष्मता से वस्तु का विश्लेषण कीजिए। आप पायेंगे ऐसा ऐसा करने से आपको दूसरों से ईर्ष्या कम और प्रतिस्पर्धा अधिक होने लगेगी। छोटी-मोटी असफलताओं से व्यक्ति में अयोग्यता की भावना उत्पन्न हो जाती है तब वह तर्क का कुतर्क बनाकर दूसरे के संबंध में अनेक झूठी लांक्षणा लगाता है और ऐसा कर अपनी अयोग्यता को छिपाता है। व्यक्ति जितनी ऊर्जा अपनी अयोग्यता को छिपाने में लगाता है यदि उसी ऊर्जा का वह उपयोग अपने योग्यता को बढ़ाने में लगाए तो उससे विलक्षण परिणाम पा सकता है। बार-बार असफल होने से उसके भीतर हीनता की उत्पत्ति होती है और हीनता से निराशा। जहां भी निराशा और हीनता जैसे विचार रहेंगे व्यक्ति का प्रसन्न रहना अति कठिन हो जाता है। प्रसन्न नहीं रहने से सबसे बड़ी हानि यह होती है कि आप कई मामलों में उचित निर्णय नहीं ले पाते हैं। जिसका सीधा प्रभाव आपकी सफलता पर पड़ता है। इसका दूसरा पक्ष है व्यक्ति का स्वास्थ्य। व्यक्ति के अप्रसन्न और तनाव युक्त स्थिति में रहने से कई बड़े-बड़े असाध्य रोग उसे धर दबोचते हैं मधुमेह, रक्तचाप हृदय रोग तथा कई मानसिक रोगों के होने की संभावना भी बढ़ जाती है।

इन सभी बातों को जानते हुए भी लोग छोटी-मोटी बातों पर नाराज़ रहते हैं और अपने को प्रसन्न नहीं रख पाते हैं। प्रसन्नता जहां दूसरी कई वस्तुओं पर निर्भर करती है वहीं वह सबसे अधिक आपकी आदत पर निर्भर करती है। अपनी आदतों में थोड़ा

परिवर्तन कीजिए। सोचने के तरीके में बदलाव लाइये। यदि किसी दुर्घटना में आपकी छोटी-मोटी शारीरिक या आर्थिक हानि हो जाय तो आप ऐसा क्यों नहीं सोचते हैं कि आप कितने भाग्यशाली हैं कि आपको मात्र इतनी ही हानि हुई है। आपकी बड़ी हानि भी हो सकती थी। यदि आप ऐसा सोचने लगेंगे तो आपके अस्सी प्रतिशत अप्रसन्न रहने के कारणों की समाप्ति हो जायेगी। जितना सरल यह लिख देना या पढ़ लेना है उतना सरल सोचना नहीं है। इसके लिए निरन्तर अभ्यास की आवश्यकता है। प्रत्येक घटना को देखने के दृष्टिकोण में परिवर्तन करे। इसके लिए निरन्तर अभ्यास की आवश्यकता है। अपने दृष्टिकोण को ऊंचे से नीचे कीजिए उन असंख्य व्यक्तियों के विषय में भी सोचिए जिनके पास आपसे कई गुणा अधिक समस्याएं हैं। फिर भी वे हंसते-बोलते और मुस्कराते रहते हैं। हंसिए, मुस्कराइये इसका पूर्ण लाभ आपको ही मिलने वाला है। प्रसन्न रहिए और दूसरों को प्रसन्न रहने में उनकी सहायता कीजिए। हंसना और मुस्कराना सदैव प्रसन्नता का द्योतक है। विश्व के किसी भी देश में चाहें वहां के रहने वाले कोई भी भाषा बोलते हों, वे किसी भी धर्म विचार अथवा मत के मानने वाले हों, आप उनकी भाषा को समझें अथवा नहीं, पर उनके हंसने और मुस्कराने से आप सरलता से समझ सकते हैं कि उक्त व्यक्ति प्रसन्न मुद्रा में है। व्यक्ति का चेहरा उसके विचारें का दर्पण है। प्रसन्नता, अप्रसन्नता, क्रोध, ईर्ष्या, प्रेम, घृणा आदि मन की सभी भावनाएं व्यक्ति के चेहरे पर स्पष्ट दृष्टिगोचर हो जाती है। उसके बिना बोले ही, बिना भाषा में व्यक्त किए हुए ही सामने वाला व्यक्ति मात्र उसका चेहरा देखकर उसके मन में उठने वाले विचारों का सरलता से अनुमान लगा देता है। व्यक्ति के व्यक्तित्व में उसकी आकृति हाव-भाव तथा अन्य विचारों का भी बहुत अधिक महत्त्व है। सदैव हंसते और मुस्कराते रहना व्यक्ति के तनाव मुक्त होने की सबसे सरल युक्ति है। इसके अतिरिक्त व्यक्ति का मुस्कराते रहना औरों को उसकी ओर आकर्षित करता है। इसके विपरीत क्रोधित रहना, नाक-मुंह सिकोड़े रहना, अनावश्यक रूप से गंभीर मुद्रा बनाए रहना जो कुछ लोगों की आदत हो जाती है, वह उन्हें अन्य व्यक्तियों से पृथक करे रहती है। जहां मृदु मुस्कान वाले व्यक्ति से सभी मिलना चाहते हैं, उसके प्रति प्रेम, श्रद्धा, भक्ति और आदर का भाव रखते हैं, वहीं गंभीर मुद्रा, क्रोधित तथा नाक-भौंह सिकुड़ने वाले व्यक्ति को मनहूस और अभद्र कहकर सभी टालना चाहते हैं। ऐसे व्यक्ति प्रायः दूसरों पर अपना प्रभाव डालने में असक्षम रह जाते है। यह उनके व्यक्तित्व के विकास की दिशा में सबसे बड़ी बाधा बन जाती है। ठीक इसके विपरीत प्रसन्न, मनमोहक तथा मृदु मुस्कान वाले व्यक्ति के व्यक्तित्व के विकास में उसका यह गुण महान सहायक बन जाता है। अधिकतर लोग ऐसे व्यक्ति के शुभचिंतक बन जाते हैं। व्यक्ति के व्यक्तित्व के विकास में उसका प्रसन्न रहना, हंसना,

मुस्कराना, दूसरों से प्रेम से मिलना, उसका मुस्कराकर स्वागत करना आदि का महान् स्थान होता है। उसके अनेक कार्य मात्र उसकी मुस्कराहट से ही सम्पादित हो जाते हैं। अन्य व्यक्ति भी ऐसे व्यक्तियों का सम्मान करते हैं उसकी ओर आकर्षित होते हैं और उससे अत्यधिक प्रभावित भी होते हैं।

हंसना, मुस्कराना, मुंह फुलाकर बैठे रहना आदि व्यक्ति की विभिन्न मुद्राएं एक सहज और सरलता से फैलने वाली संक्रामक बीमारी है जो अपने अनुकूल ही दूसरों को भी बना देती है। यदि आप प्रसन्न मुद्रा में हंसते और मुस्कराते हुए किसी स्थान पर अपने मित्रों से मिलने जाएं और वहां देखें कि आपके चार-पांच मित्र उदास अप्रसन्न और शांत मुद्रा में बैठे हुए हैं तो निश्चय ही आपकी हंसी प्रसन्नता सभी लुप्त हो जाएगी। होता यह है कि उन पांचों में विद्यमान उदासी और मनहूसियत जैसे संक्रामक रोग के कीड़े आपको भी धर दबोचते हैं और आप भी उनकी उदासी में सम्मिलित हो जाते हैं। ठीक उसके विपरीत यदि किसी कारणवश आप अप्रसन्न और उदास हैं पर एक ऐसी मंडली में आ गए हैं जहां आपके अन्य पांच मित्र प्रसन्नचित्त से ठहाका लगाकर हंसते हुए आनंदित हो रहे हैं तो निश्चय ही कुछ ही क्षणों में आपकी उदासी और अप्रसन्नता भाग जाएगी और उन्हीं की भांति हंसने और बोलने लगेंगे। हंसना, मुस्कराना और गुनगुनाना एक दूसरे के बीच, एक ऐसा अदृश्य संबंध स्थापित करता है जो अनायास ही उसे प्रभावित कर जाता है। यदि आप सुर, ताल, लय, गीत तथा नृत्य जैसी कलाओं में रुचि रखते हैं तो आप इस अदृश्य संबंध का भली-भांति अनुभव कर सकते हैं। जैसे ही एक सुरीले गीत की ध्वनि आपके कानों में आती है आपकी हाथों की उंगलियां अनायास ही कुर्सी पर ताल देने लगती हैं, यही वह अदृश्य संबंध है। ठीक इसी तरह एक मृदुल मुस्कान वाले व्यक्ति के भीतर भी मुस्कराहट और प्रसन्नता उत्पन्न हो जाती है। आज से ही आप अपने घर आने वाले अपने मित्रों का मुस्कराकर स्वागत कीजिए और ज़रा सूक्ष्मता से उनके चेहरों को देखिए वे भी कैसे आपके मुस्कराहट का उत्तर अपनी मुस्काहट से देते हैं। फिर प्रसन्न मुद्रा में वार्तालाप प्रारंभ कीजिए, वातावरण स्वतः प्रसन्न हो जाएगा। मन को बोझ रहित रखने में प्रसन्नता का अत्यधिक सहयोग होता है। हंसना, मुस्कराना और गुनगुनाना आपको अत्यधिक प्रसन्न रखने में आपको सहयोगी बनता है। इससे व्यक्तित्व के निखार के साथ-साथ आपका मन भी बोझमुक्त और स्वस्थ रहता है। इस छोटी-सी वस्तु से इतना अधिक लाभ है तो फिर क्यों न आज से ही आप हंसिए, मुस्कराइये और गुनगुनाइए। यह मामूली-सी आदत आप में एक महान् परिवर्तन ला देगी, आपकी अनेक समस्याओं का सरल हल निकाल देगी। कुछ तो उत्पन्न होने के पहले ही तिरोहित हो जाएंगी। दूसरों में आपका

सम्मान बढ़ेगा। आपके शुभचिंतकों की संख्या बढ़ेगी, आपके परिवार के अन्य सदस्य भी आपसे एक अच्छी सीख ले पाएंगे। हंसिए, मुस्कराइए और गुनगुनाइए। एक ऐसा मधुर राग जो आपके जीवन से कटुता, क्लेश और कष्ट सब समाप्त कर दे, उसे आनन्द, प्रेम और मधुरता से भर दें।

समय का सदुपयोग कीजिए

समय क्या है? समय अनन्त और असीम है। इसका न आदि है न अंत। आप जहां से प्रारंभ करते हैं वहीं से इसका अस्तित्व प्रारंभ हो जाता है, और जहां जाकर समाप्त होते हैं वहीं आपके लिए उसका अस्तित्व समाप्त हो जाता है। उसका न कोई रूप है न रंग। यह आपके रंग से रंग जाता है। और आपको भी उसी रंग में रंग लेता है। शताब्दियों से निरन्तर चलायमान समय को पहचानिए। इसमें मिलने वाले अपने हिस्से को जानिए। जब व्यक्ति के साथ समय की बात की जाती है तो उसका अर्थ होता है प्रकृति द्वारा हमें दिन और रात के रूप में मिला अवसर। समय है अनंत और मानव है क्षणभंगुर। अपने क्षणिक जीवन में इसी अनादि और अनंत समय का सदुपयोग कर व्यक्ति अपने जीवन को भी सार्थक बना सकता है। सभ्यता के विकास के इतिहास में सहस्त्रों वर्षों में मानव ने जो प्रगति की है वह समय का सदुपयोग ही तो है। हम कहां थे और कहां आ गए। सोचिए तो इसमें कितना समय लगाया है हमने। पर अब हमारे पास अपने कार्यों के लिए कितना समय बचा है? मात्र कुछ ही क्षण तो। जिसका आप जैसा चाहिए उपयोग कर सकते हैं।

प्रकृति ने हमें समय जैसी अनमोल वस्तु इसलिए दी है कि हम अपने व्यक्तित्व का निर्माण तथा अपनी सफलता की प्राप्ति की दिशा में इसका सदुपयोग कर सकें। एक साधारण व्यक्ति के जीवन में कितना समय मिल ही पाता है इन कार्यों के लिए। जहां हमें समय का सदुपयोग करना है वहीं हमारे भीतर अनेक मोहक शत्रु हैं जो समय को ही समाप्त कर देना चाहते हैं, जैसे–आलस्य, निद्रा, प्रमाद, गप्प आदि। ये शत्रु मनुष्य को उसके समय का इच्छित दिशा के उपयोग में बाधक बन जाते हैं। उसके भीतर ऐसी प्रवृत्ति उत्पन्न कर देते हैं कि व्यक्ति की रुचि ही दूसरी दिशा में प्रवाहित हो जाती है। व्यक्ति अपनी मौलिक रुचि से भटक जाता है। और इन शत्रुओं के द्वारा दिखाए गए मृग-मरीचिका में दौड़ता-दौड़ता समाप्त हो जाता है, न उसे सुख ही मिल पाता है और न सफलता। एक बार जब व्यक्ति इन शत्रुओं के जाल में फंस जाता है तो धीरे-धीरे उसकी गांठ कड़ी हो जाती है। और वह उनमें उलझता जाता है। इनसे

निकल पाना व्यक्ति के लिए तब और कठिन हो जाता है। आलस्य उसका सबसे बड़ा शत्रु है। यह उसे प्रत्येक कार्य को टालने की विधि बतलाता है। अपने द्वारा किए गए कार्यों के पक्ष में तर्क देता है और उसे जड़ता में डाल देता है। धीरे-धीरे उसकी चेतना को ही समाप्त कर देता है और व्यक्ति को अविवेकी बनाता है। इससे बचिए। क्योंकि आप जब तक इससे नहीं बचेंगे आप समय की महत्ता को नहीं जान पाएंगे और जब तक उसकी महत्ता को नहीं जान पाएंगे, उसका सदुपयोग कैसे कर पाएंगे? समय ही मात्र एक ऐसी वस्तु है, जिसे कठिन परिश्रम के उपरांत भी हम बढ़ा-घटा सकने में, सक्षम नहीं हो पाए हैं। साधारणतः एक व्यक्ति को कितना समय मिल पाता है? यदि वह उसका उचित उपयोग करे तो वह अनेक ऐसे बड़े कार्यों को कर सकता है जिसे करना कठिन और जटिल है।

अपने जीवन के एक-एक पल का अपनी सफलता की दिशा में उपयोग कीजिए। आपने जो मार्ग अपनी सफलता के लिए चयन किया है उस पर अविरल गति से सदैव आगे की तरफ बढ़ते जाइए। मार्ग की कठिनाइयों से भयभीत न हों। छोटी-मोटी असफलताएं मनुष्य के जीवन में सदैव घटित होती रहती हैं उनसे निराश होकर बैठना समय का सबसे बड़ा दुरुपयोग है। उनसे सीख लेने की आवश्यकता है। अपनी भूलों का सुधार कीजिए, जिससे पुनः ऐसी भूल नहीं की जाए। असफल होने का अर्थ किसी भी परिस्थिति में आपका अयोग्य होना नहीं है। इससे आपकी योग्यता पर कोई आंच नहीं आती है परन्तु यह भूल का द्योतक अवश्य है। उसी भूल का सुधार करना है। आगे की ओर बढ़िए, संकीर्ण और जटिल मार्ग को भी प्रशस्त और सुलभ बना लिया जा सकता है, यदि आप अपने एक-एक पल समय का उचित उपयोग करें। आप कुछ भी करते हैं, आपका मार्ग कोई भी हो, आपके कार्यों का परिणाम कार्यों पर लगाए गए श्रम पर आधारित न होकर आपके उस विचार पर निर्भर करता है जिससे प्रेरित होकर आपने उस मार्ग अथवा उस कार्य का चयन किया है और जिन पर आप आगे बढ़ रहे हैं। यदि आपने परोपयोगी या लोकोपयोगी विचारों से प्रेरित होकर अपने मार्ग का चयन किया है, और अपना अधिकाधिक समय इसी कार्य में लगा रहे हैं तो निश्चय ही आपकी सफलता की संभावनाएं अत्यधिक बढ़ जाती हैं। अपने मन से कपट को बाहर निकालिए। व्यक्ति कभी-कभी इतना कपटी बन जाता है कि वह अपने आपसे भी कपट करने लगता है। अनाप-शनाप अनुत्पादक कार्यों में जी लगाने लगता है और उसे ही उचित ठहराने के लिए अनेक तर्क ढूंढ़ने लगता है। उसकी आत्मा, उसका विवेक उसे बार-बार उस पथ से हटने को कहता है। वह उसे अन्य उत्पादक कार्यों पर समय और श्रम व्यय करने का कहता हैं पर उसके भीतर के कपट ने उसे इतना कपटी बना दिया है कि वह अपने हित से अधिक दूसरों की हानि में रुचि लेने

लगता है। अपने समय का अधिक से अधिक भाग वह दूसरों की हानि पहुंचाने की दिशा में सोचने में लगाता है। ऐसे अनुत्पादक कार्यों का परिणाम कभी भी व्यक्ति के पक्ष में नहीं आता है, इस बुरी भावना से बचिए। यदि अतीत में कभी ऐसे अनुत्पादक कार्यों में आपकी रुचि रही हो तो उसे अपनी भूल समझकर उस मार्ग का त्याग कीजिए। अपने एक-एक पल समय का सदुपयोग कीजिए एवं उन्हें परोपकारी कार्यों में लगाइए। आप कभी भी यह मत भूलिए कि आप अपने समय का उपयोग जब किसी परोपयोगी अथवा लोकोपयोगी कार्यों में करते हैं तो उसमें आपका लाभ और उपकार भी निहित है। क्योंकि मनुष्य एक सामाजिक प्राणी है। शताब्दियों पूर्व बने समाज के ताने-बाने आज इतने समीप आ गए हैं कि एक धागे को उसमें से निकाल पाना असंभव है। यदि चेष्टा करके किसी ने एक धागा निकाल भी लिया तो उसका कोई वैयक्तिक अस्तित्व नहीं रह जाता है। जो भी समय अभी आपके समक्ष विद्यमान है उसका एक-एक पल का सदुपयोग कीजिए। आलस्य व्यक्ति को सदैव वर्तमान से दूर करता है। उसे अतीत की गाथाओं में उलझाता है और भविष्य के सुनहले सपने दिखाता है। जो भी अतीत की गाथाओं में उलझेगा वह निश्चय ही अपने वर्तमान का सदुपयोग नहीं कर पाएगा। अतीत तो बीता हुआ क्षण है अर्थात् मृतप्राय। मुर्दों को कहां संभाल कर रखा जा सकता है, उससे तो दुर्गन्ध आएगी ही और फिर भविष्य तो एक सुहाना सपना है, सपने कहां सच होते हैं। जो बीत गया वह भी सपना बन गया। जो भविष्य है वह भी सपना है, सत्य तो मात्र वर्तमान है। वर्तमान मे रहना सीखिए। वर्तमान के दो क्षण ही आपका जीवन है और इस दो क्षण के सदुपयोग पर ही आपकी सफलता निर्भर करती है। वही वर्तमान जो चलायमान है जो सदैव चलता रहता है। भविष्य है शून्य और भूत मृत। इन दोनों की मात्र कल्पना ही की जा सकती है। कल्पना तो कल्पना ही है। भविष्य का स्वप्न सुहाना है, भविष्य के सुहाने सपने को याद कर व्यक्ति हर्ष का अनुभव करता है। पर सपना तो सपना ही है। कुछ लोग मात्र भूत में ही जीते हैं। इसके विपरीत कुछ भविष्य के सुहाने सपनों की ओर ही अधिक सम्मोहित रहते हैं। इन दोनों कल्पनाओं के चक्रव्यूह से बाहर निकलिए। वर्तमान ही सत्य है वहीं वास्तविक भी है। आइए, इस कतार में खड़े होइए। देखिए आपसे कितने कमज़ोर लोग इस दौड़ में भाग लेने के लिए खड़े हैं। यह तो सफलता की दौड़ है, जो अनादि से चलती आ रही हैं और अनन्त तक चलती जाएगी। पर आप तो वर्तमान में ही दौड़ेंगे यही वह समय है जिसके एक-एक पल का सदुपयोग आपको इस दौड़ में सफल बनाएगा। जो बीता जा रहा है उसे भूल जाइए जो आने वाला है उसकी बात मत सोचिए। आप जो देख रहे हैं वही सत्य है, जो विद्यमान है वहीं वर्तमान है। और यही व्यक्ति के जीवन का सबसे महत्त्वपूर्ण समय है। जिसने इसका एक पल भी गंवाया है

उसने अपने आप के साथ कपट किया है। निद्रा से उठिए। आलस्य, प्रमाद और गप्प के घेरे से बाहर निकलिए। सम्पूर्ण वर्तमान आपके स्वागत में खड़ा है। मात्र इस एक क्षण की ही बात है समय का चक्र निरंतर चलता रहता है। आज का वर्तमान ही कल का अतीत बनता है। और आने वाला कल जो भविष्य था वही आज का वर्तमान बन जाता है। मनुष्य तो जीता है वर्तमान में और मरता भी है वर्तमान में। जब वह मर जाता है तब वह अतीत बन जाता है। अतीत तो मुर्दों का ढेर है उसे कुरेदने से क्या लाभ। वर्तमान ही जीवन है संघर्ष है, और समय है। जो व्यक्ति अपने वर्तमान को समझेगा वह कभी धोखा नहीं खा सकता। जीवन तो संघर्ष है ही पर वर्तमान समस्याओं का ढेर है। इसीलिए तो आलसी व्यक्ति भागता है वर्तमान से और सर छिपाता है अतीत की गोद में। उसे भविष्य के सुहाने सपने अच्छे लगते हैं, पर यह तो मिथ्या है। सत्य है संघर्ष, समस्या और वर्तमान। समस्याओं से लड़ना सीखिए। संघर्ष में जुट जाइए वर्तमान के एक-एक क्षण को पहचानिए। इसे अपने हाथ से निकलने न दीजिए, जिसने वर्तमान को खोया उसने सब कुछ खो दिया जिसने इस समय को पकड़ लिया उसने सब कुछ पा लिया।

नियमित कार्यक्रम

प्रकृति की ओर देखने पर ऐसा लगता है कि सब कुछ नियमित कार्यक्रम के अन्तर्गत स्वतः संचालित होता चला जा रहा है। कण-कण नियमित रूप से क्रियाशील है। सूर्य, चन्द्र और सभी नक्षत्र ग्रह नियमित गति एवं नियत मार्ग पर नियमित रूप से चलते जा रहे हैं। यह क्रम आदि काल से चला आ रहा है और अनन्त तक चलता जायेगा। सब कुछ क्रमशः चलता जा रहा है, बीज से अंकुर निकलता है वह बढ़कर विशाल वृक्ष बनता है। वृक्ष में फल लगते हैं, फलों से बीज की उत्पत्ति होती है, उन्हीं बीजों से पुनः वैसे ही बड़े वृक्ष निकलते हैं। समय बीतता जाता है पुराने वृक्ष गिरते जाते हैं और नये वृक्ष उगते जाते हैं। यह क्रम एक क्रमबद्ध तरीके से चलता आ रहा है। अर्थात् सम्पूर्ण सृष्टि क्रम-विस्तार और क्रम-संकोच के नियम से सदैव क्रियाशील है। ऐसा लगता है कि इस सम्पूर्ण सृष्टि का मूल नियमबद्धता ही है।

इसी नियमबद्धता को जीवन में उतार पाने में सक्षम नहीं होने का अर्थ प्रकृति से दूर जाना हुआ। प्रकृति से दूर जाने का अर्थ ही विकास की गति को अवरुद्ध करना हुआ। पशु-पक्षियों की ओर देखिए। उनके जीवन में नियम बद्धता बन्धन की भांति उन्हें बांधे हुए हैं। मनुष्य ही एकमात्र ऐसा प्राणी है जो सृष्टि के इस नियम का सदैव उल्लंघन करता है। उसके पास बुद्धि और विवेक है। पक्षी पिजड़े में रहे या वृक्ष पर, सभी प्रकृति के नियम के अनुरूप ही चलते रहते हैं, उनके सोने का समय, जागने का समय, नियमित होता है। इसी प्रकार पशु भी प्रकृति के अति समीप हैं। सभ्यता के विकास के साथ-साथ मनुष्य में प्रकृति पर विजय प्राप्त करने की इच्छा जागृत होती गई। वह धीरे-धीरे प्रकृति से दूर हटता गया। उसमें बंधन मुक्त होने की अभिलाषा हुई। और उसने अपने विवेक से विज्ञान का आविष्कार किया। प्रकृति के कितने ही बंधन को उसने तोड़ दिया। समुद्र के ऊपर नाव चलने लगी। धरती को छेदकर उसमें से वह जल निकालने लगा। जैसे-जैसे समय बितता गया वह प्रकृति के बंधन को तोड़ता गया। अब तो उसके पास अत्यधिक तीव्र गति से चलने वाले रॉकेट हैं। वह हवा में तैरने लगा। उसने पनडुब्बी बनाकर सागर तल में कम्पन उत्पन्न कर दिया।

पृथ्वी को वेध कर उसके नीचे से पेट्रोल आदि अनेक खनिज पदार्थ निकालना प्रारंभ कर दिया। उपग्रहों को भेजकर अन्तरिक्ष की स्तब्धता को भंग कर दिया। यह सब कुछ इसने विकास के क्रम में किया। जैसे-जैसे मनुष्य की बुद्धि विकसित होती गई, उसने नये-नये वस्तुओं का आविष्कार किया। रोगों पर विजय पायी। प्रकृति के अनेक रहस्यों को अनावृत कर दिया। यह सब कुछ मानव जाति के कल्याण और उसकी प्रकृति के लिए किया गया। ऐसे सभी खोज, आविष्कार, शोध आदि प्रकृति के नियम के अनुगत ही किया गया। प्रकृति की विशाल प्रयोगशाला में घटित हो रही घटनाओं को देखकर मनुष्य ने अपनी बृद्धि और विवेक से उनका विश्लेषण किया और उन्हीं के आधार पर प्रकृति के नियमों को देखा, एवं बड़े-बड़े शोध और आविष्कार किए।

इन सभी भौतिक आविष्कारों का मूल उद्देश्य क्या है? मूल उद्देश्य है मुक्ति प्रकृति के बंधन से मुक्ति। ये सम्पूर्ण आविष्कार भी मनुष्य ने एक नियम बद्ध तरीके से किये और पाया कि नियमों के बंधन से मुक्ति भी नियमानुसार चल कर ही प्राप्त की जा सकती है। ऐसे ही नियमों को मानवीय प्रवृत्तियों में उतारे तो अपने कष्टों तथा क्लेशो से भी मुक्ति पा सकते हैं।

नियमानुसार जीवन को चलाना अर्थात् एक क्रमबद्ध तरीके से पूर्वानुमानित कार्यक्रम के अनुरूप अपने को संचालित करना। यह एक मिथ्या विचार है कि नियम से मुक्ति पाने के लिए अनियमितता को अपनाना होगा। कुछ लोग इसी त्रुटिपूर्ण विचार से ग्रसित होकर सभी प्रचलित नियमों को अकारण ही तोड़ते रहते हैं। वस्तुतः नियम की सृष्टि ही उनके लिए की गई जो नियम का पालन नहीं करते हैं। नियम के पालन करने वालों के लिए नियम कोई बंधन नहीं रह जाता है। अपितु उसके लाभ उन्हें मिलने लगते हैं। नियम से मुक्ति पाने का तरीका यही है कि व्यक्ति नियम से ही चले। सदैव नियमानुसार चलने से नियम व्यक्ति के लिए बंधन नहीं रह जाते हैं और वे गाड़ी के पहिए में चिकनाई का काम करने लगते हैं, व्यक्ति के जीवन की गति और तेज़ हो जाती है, वह अधिक कार्य कर सकता है, अधिक लाभ उठा सकता है आदि। नियमित कार्यक्रम अर्थात् रूटिन के अन्तर्गत कार्य करना प्रकृति के नियम के पूर्णतः अनुरूप है। इस छोटे तथ्य को जब व्यक्ति भूल जाता है और लगता है अपने जीवन रूपी गाड़ी को मनमाने रूप से चलाये तो यहीं प्रकृति से उसकी लड़ाई शुरू हो जाती है। आज सम्पूर्ण विश्व के वैज्ञानिक, मनीषी और ज्ञानी जन प्रकृति से मित्रता की बात करते हैं। यहां मित्रता उसी की भांति कार्य करती है। परमात्मा ने हमें बुद्धि और विवेक दिया है। हम अपने कार्यों का समय, अपनी बुद्धि और विवेक के अनुरूप बना सकते हैं। अपने सम्पूर्ण समय का वह भाग जो निद्रा में व्यतीत करते हैं उसे छोड़कर बचे हुए समय को अपनी सुविधानुसार विभिन्न कार्यों के लिए बांट देने को प्रथा को

रूटिन अथवा नियमित कार्यक्रम की सूची कहा जाता है। रूटिन जीवन की एक पद्धति है, एक नियम है और एक व्यवस्था है। इसमें लाभ अनेक पर हानि कुछ भी नहीं है। यह व्यक्ति को उसके बड़े शत्रु आलस्य से मुक्ति दिलाता है। वही आलस्य जो उसे विनाश के गर्त में गिराता है। इस पद्धति से कार्य करने पर व्यक्ति को उसके कार्यों के लिए अधिक समय मिल पाता है और उसे ऐसा लगने लगता है कि उसके कार्य बोझ नहीं अपितु आनंदवर्द्धक वस्तु बन गयी है।

रूटिन बनाना बहुत सरल कार्य है। प्रायः प्रत्येक व्यक्ति अपने कार्यों के संबंध में किसी न किसी प्रकार का रूटिन अवश्य बनाता है। परन्तु यह तो उस व्यक्ति की दृढ़ता और स्थिरता पर निर्भर करता है। कि वह कितनी तन्मयता और तत्परता से उसका पालन करता है, आलस्य बार-बार उसे परेशान करता है कि रूटिन को तोड़ दे। आलस्य के प्रभाव में फंसकर व्यक्ति इसे तोड़ देता है। फिर उसे रूटिन तोड़ने की आदत लग जाती है। जिस व्यक्ति को इस बुरी आदत ने पकड़ लिया है उसके लिए फिर रूटिन का पालन करना एक बहुत कठिन कार्य हो जाता है। और अधिकांश व्यक्ति इसे सदैव के लिए छोड़ देते हैं। रूटिन पर चलने से व्यक्ति को अपने सभी कार्यों के बाद भी समय बचा हुआ प्रतीत होने लगता है। आप अपने दैनिक जीवन का रूटिन बनाइए। प्रातः उठने का। प्रातः अर्थात् ब्रह्म बेला। यही वह बेला है जब व्यक्ति प्रकृति से अतिशय समीप रहता है। रात भर सोकर उठने के उपरांत उसका मन शांत रहता है। उस समय का वातावरण भी प्रायः शांत ही रहता है। शांत और शीतल वातावरण में आप अपनी जटिल और कठिन समस्याओं के संबंध में सोच विचार कर अनेक उचित निर्णय ले सकते हैं। अपने अलग-अलग कार्यों के लिए अलग-अलग समय दीजिए। नित्य कर्म, व्यायाम, पूजा, व्यवसाय, मनोरंजन, अध्ययन, मित्रों से मिलना, आराम, परिवार के सदस्यों के साथ विभिन्न विषयों पर विचार करना आदि। कार्यों के लिए अपने रूटिन में अपनी सुविधानुसार अलग-अलग समय निर्धारित कीजिए। आवश्यकतानुसार समय-समय पर इसमें फेर-बदल भी किया जा सकता है। जब एकबार रूटिन बनाकर उसपर चलना प्रारंभ कर दीजिएगा तो प्रारंभ मे अनेक कठिनाइयां उत्पन्न होगी। आपको ऐसा लगेगा कि आपके बहुत सारे कार्य रूटिन में सम्मिलित नहीं हैं। यादि कुछ ऐसे कार्य बच गए हों तो उन्हें भी सम्मिलित कर लीजिए। दृढ़ता से जहां तक संभव हो सके रूटिन का पालन कीजिए। उसे मात्र आपातकालीन परिस्थितियों में ही टूटने दीजिए। ऐसा करने से आप अधिक दृढ़ता से अपने बनाए रूटिन पर चल सकते हैं। अधिक दिनों की आवश्यकता नहीं है, मात्र कुछ ही महीनों में इसका परिणाम आना प्रारंभ हो जायेगा। आपके कार्य पहले से अधिक उत्कृष्ट होने लगेंगे। कार्यों को सम्पादित करने हेतु आपको अधिक समय मिलने

लगेगा। कई कार्य तो सहज ही स्वतः निष्पादित होते चले जायेंगे। यह आपकी सफलता में इतना अधिक सहयोगी हो जायेगा जैसा आपने कभी सोचा भी नहीं होगा। यह पद्धति कठिन तो अवश्य है पर साधारण अभ्यास से इसका पालन किया जा सकता है।

दैनिक कार्यक्रम अथवा रूटिन से ही संबंधित एक दूसरा विषय है, कार्यों का उसके महत्त्व के आधार पर वर्गीकरण। आपके द्वारा किए गये कार्यों के उत्कृष्ट परिणाम पर ही आपकी सफलता निर्भर करती है। यदि व्यक्ति के द्वारा किए जाने वाले कार्यों को सावधानी से देखा जाय तो मुख्यतः उसके द्वारा किये जाने वाले कार्य उसके व्यवसाय परिवार और समाज से ही संबंधित रहते हैं। साधारणतः इन्हीं तीनों क्षेत्रों में संबंधित कार्यों में व्यक्ति अपना अधिक से अधिक श्रम और समय देता है। जैसे-जैसे व्यक्ति सफलता के मार्ग पर धीरे-धीरे आगे बढ़ता है उसके पास कार्यों और दायित्वों की बढ़ोतरी होती जाती है। जब कार्य अधिक हो जाते हैं तो उसके निष्पादन में उसे श्रम भी अधिक करना पड़ता हैं श्रम तो उसके अधीन की वस्तु है, वह जितना चाहे कर सकता है। पर समय को बढ़ा लेना उसके अधिकार क्षेत्र से बाहर है। उसके पास तो सीमित समय है उसी समय में उसे सभी कार्यों का निष्पादन करना हैं वह जैसे-जैसे आगे की तरफ बढ़ता जाता है कार्यों की संख्या में बढ़ोतरी होती जाती है। उतने ही समय में वह सभी कार्यों को निष्पादित नहीं कर सकता है। कुछेक कार्यों को उसे प्रतिदिन छोड़ना ही पड़ता है। जब व्यक्ति, निर्धारित समय में सम्पूर्ण कार्य नहीं समाप्त कर सकता है तब प्रश्न उठता है कि वह किन कार्यों को करे और किसे न करे। यहीं कार्यों को वर्गीकृत करने की बात आती है। आप अपने सम्पूर्ण कार्यों को मुख्यतः तीन भागों में वर्गीकृत कर सकते हैं। अति महत्त्वपूर्ण, महत्त्वपूर्ण, और सामान्य अथवा साधारण। अपने प्रत्येक कार्यों को इन्हीं तीनों वर्गों में क्रमबद्ध कीजिए। जब किसी एक वर्ग से अधिक कार्य हों तो उन्हें प्राथमिकता के आधार पर क्रमबद्ध करना चाहिए। वह तो व्यक्ति की बुद्धि और विवेक पर निर्भर करेगा कि वह किन कार्यों को साधारण श्रेणी में रखता है और किन्हें वह महत्त्वपूर्ण तथा अति महत्त्वपूर्ण मानता है। अपने विवेक से कार्यों का वर्गीकरण कीजिए फिर क्रमानुसार निष्पादत कीजिए। ऐसा करने से आपके अति महत्त्वपूर्ण कार्य उचित प्राथमिकता में रहने के कारण आपका अधिक श्रम और समय ले लेंगे। उनके अपूर्ण बचने की संभावनाएं क्षीण हो जायेगी। तब आप देखेंगे कि आपके वैसे सभी कार्य जो अधिक दिनों तक पूर्ण नहीं हो सके वे सभी साधरण कोटि के कार्य थे। जहां अति महत्त्वपूर्ण और महत्त्वपूर्ण कार्यों के अपूर्ण रह जाने से आपकी सफलता प्रभावित होती है वहीं साधरण कार्यों के प्रारंभ नहीं होने से भी उसका अधिक प्रभाव आपकी सफलता पर नहीं पड़ता है। प्रत्येक व्यक्ति अपने जीवन में अनेक अपूर्ण कार्य छोड़ जाता है। उन

कार्यों को पूर्ण करने की उसकी इच्छा रहने के उपरांत की समयाभाव के कारण उन्हें पूर्ण करना संभव नहीं हो पाता है। यदि व्यक्ति के अति महत्त्वपूर्ण और महत्त्वपूर्ण कार्य अधूरे रह जायें तो वह सफलता से बहुत दूर ही रह जाता है। यही दशा वैसे लोगों की होती है जो बिना कार्य का वर्गीकरण किए ही उनके सम्पादन में जुट जाते हैं, और महत्त्वपूर्ण तथा अति महत्त्वपूर्ण कार्यों के आने पर भी अपना समय श्रम और अपनी सम्पूर्ण ऊर्जा साधारण कार्यों के सम्पादन पर ही समाप्त कर देते हैं। ऐसी परिस्थिति में व्यक्ति श्रम भी करता है पर उसके महत्त्वपूर्ण और अति महत्त्वपूर्ण कार्य जैसे के तैसे पड़े रह जाते हैं। इससे उसके श्रम का उचित मूल्य उसे नहीं मिल पाता है। क्षेत्र व्यवसाय का हो, परिवार का हो अथवा समाज का, सभी क्षेत्रों से संबंधित कार्य अति महत्त्वपूर्ण, महत्त्वपूर्ण और साधारण हो सकते हैं, यह तो आपको निर्णय करना है कि आप उन्हें किस श्रेणी में रखते हैं।

जीवन रक्षा, सुरक्षा, स्वास्थ्य, जो मुख्यतः व्यक्ति के अति महत्वपूर्ण कार्यों में आते हैं उन्हें कुछ लोग भूल वश साधारण श्रेणी में रख देते हैं। इसका परिणाम सदैव उनके विपक्ष में जाता है। वैसे व्यक्ति झूठे तर्क निकालकर अपने आप को सान्त्वना देते रहते हैं। जीवन रक्षा, सुरक्षा और स्वास्थ्य के नियमों की अवहेलना कर मात्र कुछ साधारण लाभ हेतु कितने लोग अपना सब कुछ समाप्त कर देते हैं। अपने व्यवसाय अथवा जीविकोपार्जन कार्यों को ही अति आवश्यक मान लेते हैं। वे भूल जाते हैं कि अतिशय परिश्रम के उपरांत जिसकी अनुमति उनका शरीर नहीं देता है यदि वे कुछ अधिक धन उपार्जित भी कर लेते हैं तो सुरक्षा और स्वास्थ्य नियमों की अवहेलना के कारण अनेक कष्टों में घिर जाते हैं। आपने अवश्य देखा होगा कुछ लोग अपने किसी कार्य के लिए अत्यधिक तीव्र गति से मोटर कार अथवा साइकिल चलाकर एक स्थान से दूसरे स्थान पर जाते हैं। पर वैसे लोग दुर्घटना के उपरांत उस स्थान पर पहुंचने के बदले अस्पताल में स्थान पाते हैं। किसी कारण भी जब शरीर श्रम करने की अनुमति नहीं दे उससे बलपूर्वक श्रम करवाना कुछ लोगों की आदत हो जाती है परिणामस्वरूप वैसे व्यक्ति किसी रोग अथवा दुर्घटना के शिकार हो जाते हैं। उन्हें न धन मिल पाता है और न ही वे स्वस्थ्य ही रह पाते हैं। जिस परिवार की रक्षा-सुरक्षा और सुख-सुविधा के लिए व्यक्ति कोई व्यवसाय अथवा कोई कार्य करता है यदि अपनी भूलों के कारण अथवा अदूरदर्शिता के कारण व्यक्ति रोगी हो जाय तब वह परिवार की क्या देखभाल कर सकता है। वह तो उन्हीं पर एक बोझ बन जायेगा, जिनके सुख-सुविधा के लिए आवश्यकता से अधिक श्रम किया, अपनी सुरक्षा पर ध्यान नहीं दिया आदि। तात्पर्य यह हुआ कि व्यवसाय से प्रेम करने के पहले, परिवार से प्रेम करना सीखिए। और परिवार से प्रेम करने के पहले व्यक्ति को अपने आप से

प्रेम करना सीखना चाहिए। इसी तथ्य को दूसरी तरह से देखें तो आपके जीवित स्वस्थ और सुखी रहने पर ही आपकी सफलता निर्भर करती है।

परिवार और समाज से संबंधित परोपयोगी और लोकोपयोगी कार्य महत्त्वपूर्ण श्रेणी में आयेंगे। इन्हीं के परिणामों पर आपकी सफलता अत्यधिक निर्भर करती है। आप स्वयं भी तो परिवार और समाज के ही एक अंग हैं। उनकी सबसे छोटी इकाई हैं। आपका हित उनके हित में निहित है। ऐसे कार्यों में रुचि रखना उन्हें समयानुसार सम्पादित करना आपकी सफलता में बड़ा सहयोगी होता है। इन दोनों वर्गों में न आने वाले सभी कार्य साधारण श्रेणी में आयेंगे।

ऊपर कार्यों की वर्गीकृत करने की एक सरल विधि दी गयी है यदि उसे आवश्यक समझें, अपनी बुद्धि और विवेक के अनुसार इनमें परिवर्तन कर सकते हैं। परन्तु किसी भी दशा में तात्कालिक लाभ को ध्यान में रखना आपके लिए लाभदायक नहीं होगा। सदैव दूरदर्शी बनें। विवेकपूर्ण निर्णय लें और तब यह कार्य बड़ा सरल हो जायेगा।

धन का सदुपयोग कीजिए

आज प्रत्येक देश में उसका राष्ट्रीय बजट बनता है। बजट अर्थात् साल भर का लेखा-जोखा। धन की कितनी राशि किस कार्य के लिए आबंटित की जा रही है उसे कहां से प्राप्त किया जायेगा, यही मुख्यतः बजट का उद्देश्य होता है। कोई देश कर बढ़ाकर तो कोई ऋण लेकर या मुद्रा का प्रचलन बढ़ाकर राशि का प्रबंध करता है। देश की प्रगति, उसके विकास की स्थिति अर्थात् उसका स्वास्थ्य सभी बजट में ही दृष्टिगोचर हो जाता है। दूसरे शब्दों में बजट आज देश की नाड़ी बन गयी है जिसकी धड़कनें देश के सम्पूर्ण स्वास्थ्य को सूचित करती है। धन के बिना किसी देश का भी विकास आज संभव नहीं हैं व्यक्तिगत जीवन में भी धन का आज इतना अधिक महत्त्व बढ़ गया है कि व्यक्ति उसके बिना कुछ भी नहीं कर सकता है। यदि ऐसा कहा जाय कि आज का व्यक्ति बिना धन के जीवित नहीं रह सकता है तो कोई अतिशयोक्ति नहीं होगी। उसकी जो मूलभूत आवश्यकताएं हैं, उनको प्राप्त करने के लिए भी उसे धन चाहिए। धन से ही अपनी मूलभूत आवश्यकताओं को प्राप्त कर सकता और तब ही वह जीवित रह सकता है। व्यक्ति के लिए इस धरती पर सबसे महत्त्वपूर्ण वस्तु उसका जीवित रहना ही है। उसका जीवित रहना भी आज बिना धन के संभव नहीं है, इसका अर्थ हुआ कि धन ही आज सबसे महत्त्वपूर्ण वस्तु बन गयी हैं जीवित रहने के उपरान्त भी अपनी सुख-सुविधाओं के लिए उसे जिन वस्तुओं की आवश्यकता पड़ती है वे भी मात्र धन से ही प्राप्त किए जा सकती हैं।

आज के प्रचलित व्यापारिक सभ्यता के पूर्व अति प्राचीन काल में व्यक्ति अपनी आवश्यकताओं की वस्तुओं का स्वयं उत्पादन करता था और उनका उपभोग करता था। तब पशु, अनाज, वस्त्र आदि ही उसके धन थे। जब उसने ऐसा अनुभव किया कि उसके पास कुछ वस्तुओं की अधिकता हो गई है और कुछ वस्तुओं की अल्पता। जिन वस्तुओं की उसके पास कमी है, उसी वस्तु की किसी दूसरे व्यक्ति के पास अधिकता है और जिस वस्तु की उसके पास अधिकता है उसी वस्तु की दूसरे को आवश्यकता है। व्यक्ति की इस परिस्थिति ने वस्तु-विनिमय का जन्म दिया। यह प्रथा कई शताब्दियों

से चलती-चलती अब लगभग समाप्त सी हो गई। अभी भी दूरस्थ ग्रामों में, जंगली और पहाड़ी इलाकों में कई आदिवासी क्षेत्रों में, यह प्रथा विद्यमान है। पर धीरे-धीरे यह समाप्त हो रही है। अब पूर्णरूप से व्यापारिक सभ्यता फैलती जा रही है। इस व्यापारिक सभ्यता ने हमें एक अत्यधिक महत्त्वपूर्ण वस्तु दिया है, वह है मनुष्य के श्रम का विभाजन। अब व्यक्ति मात्र अपनी रुचि के कार्य में ही अपना अत्यधिक समय दे सकता है। ऐसा करने से उसे अपने कार्य के क्षेत्र में अत्यधिक विकास का अवसर मिलता है और व्यक्ति को अपनी अन्य आवश्यकताओं के लिए पर्याप्त धन भी प्राप्त हो जाता है। वह अपनी अन्य सभी आवश्यकताएं मात्र एक ही कार्य से पूरी कर सकता है। प्राचीन काल में ऐसा करना संभव नहीं था। आज विभिन्न क्षेत्रों में अत्यधिक प्रगति हो रही है। विज्ञान अथवा विकास के जितने भी कार्य हुए हैं उनके मूल में इस बात का बहुत महत्त्व है कि अपनी सम्पूर्ण मेधा लगाकर कुछ लोगों ने मात्र उसी क्षेत्र में कार्य कर उत्कृष्टता प्राप्त की है। यदि रुपये का आविष्कार नहीं होता तो श्रम का विभाजन भी इस प्रकार संभव नहीं होता। एक ही व्यक्ति को अपनी आवश्यकताओं की पूर्ति के लिए सभी कार्यों को करना पड़ता, जैसा कि प्राचीन काल में लोग करते थे। इससे व्यक्ति का कार्य पहले की अपेक्षा अब बहुत सरल और सीमित हो गया है। उत्कृष्टता की आशा अधिक हो गई है।

अपनी सुख-सुविधा की प्रत्येक सामग्री को व्यक्ति आज रुपयों से ही क्रय कर सकता है। रुपया ही आज एकमात्र ऐसा साधन है जिससे जीवन को अधिक से अधिक सुविधाओं से युक्त बनाया जा सकता है। जब व्यक्ति सुख की ओर आकर्षित होता है और वह देखता है कि सुख के साधन रुपये से ही प्राप्त किए जा सकते हैं तो उसका रुपयों की ओर आकर्षित होना स्वाभाविक हो जाता है। वह उसे प्राप्त करना चाहता है, उसके लिए अत्यधिक प्रयत्न करता है। अपनी बुद्धि, विवेक, चतुराई और श्रम का अधिक से अधिक भाग इसे प्राप्त करने में ही लगाता है। हमारे प्राचीन दर्शन में पुरुषार्थ को चार भागों में विभक्त किया गया है। अर्थ, काम, धर्म और मोक्ष। इन्हीं चार वस्तुओं की प्राप्ति का लक्ष्य ही मनुष्य जीवन का लक्ष्य माना गया है। आज का मानव अपने बुद्धि-विवेक और श्रम का अधिकतम भाग मात्र अर्थ की प्राप्ति में ही समर्पित कर देता है। उसके पास अन्य तीन वस्तुओं के लिए बहुत कम ऊर्जा बच पाती है, इसका अर्थ होता है वह अपनी ऊर्जा का लगभग सम्पूर्ण भाग अर्थ प्राप्ति में ही लगा देता है, पर कामना वह काम धर्म और मोक्ष को भी मात्र अर्थ से ही प्राप्त करने की बात सोचता है। और इसी कारण अर्थ के लिए ही वह सब कुछ करने को तैयार रहता है। धन अर्थात् रुपया जिसे मात्र उपार्जन करके ही प्राप्त किया जा सकता है। धनोपार्जन में व्यक्ति को अपना श्रम लगाना पड़ता है। श्रम मानसिक और

शारीरिक दोनों प्रकार का होता है। मात्र विचार, चिन्तन और मनन से किसी भी भौतिक वस्तु की प्राप्ति नहीं की जा सकती है। भौतिक तथा आर्थिक लाभ के लिए व्यक्ति को कर्म करना पड़ता है। और कर्म के लिए उसे श्रम करना होगा। बिना श्रम के किसी प्रकार भी धनोपार्जन संभव नहीं है। इसका अर्थ हुआ श्रम ही वह मूलभूत वस्तु है जिससे व्यक्ति अर्थ की उत्पत्ति कर सकता है और अर्थ से ही वह अन्य पुरुषार्थों को भी प्राप्त करने की बात सोच सकता है।

धन की उपयोगिता तथा उसकी शक्ति और सामर्थ्य को देखकर व्यक्ति इतना विचलित हो जाता है और उसकी ओर इतना आकर्षित हो जाता है कि वह किसी भी प्रकार से इसे प्राप्त कर लेना चाहता है। अविवेकी और अनुचित मार्गों का अनुसरण और अनुकरण कर वह अधिक से अधिक धन प्राप्त कर लेना चाहता है। वह भूल जाता है कि उसके इस अविवेकी निर्णय का उस पर उसके समाज और राष्ट्र पर कैसा प्रभाव पड़ेगा। इस विषय में लिए गए उसके अविवेकी निर्णय उसे कई अन्य विषयों में भी इसी प्रकार के अविवेकी निर्णय लेने को बाध्य कर देते हैं। वैसे व्यक्ति धीरे-धीरे अपने जीवन के अन्य क्षेत्रों में भी विवेक से दूर हटते जाते हैं। वे सदैव उचित को अनुचित तथा अनुचित को उचित माने लगते हैं। उनका प्रभाव, उनके कार्यों का प्रभाव, समाज के अन्य व्यक्तियों पर कैसा पड़ रहा है इस ओर वे कभी भी ध्यान नहीं देते हैं। ऐसे अविवेकी व्यक्तियों के कारण समाज में कई प्रकार की भ्रांतियां फैल जाती हैं। लोग अनुचित कार्यों की ओर अत्यधिक आकर्षित हो जाते हैं। यही कारण है कि आज की नई पीढ़ी श्रम से दूर भागती जा रही है। अनेक युवक-युवतियों का यह विचार बन गया है कि बिना अनुचित मार्गों का अनुसरण किए धनोपार्जन संभव ही नहीं है। इस भ्रामक और मिथ्या विचार से ग्रसित होकर अनेक व्यक्ति बार-बार वैसे ही अनुचित मार्गों पर बढ़ते जाते हैं। इसका परिणाम होता है समाज में एक अविवेकी वर्ग का उत्पन्न होना, जो विवेक से दूर होता जाता है और किसी प्रकार भी धन प्राप्त करने की दिशा में अग्रसर होता जाता है। ऐसा होता भी है कि इनमें से कुछ व्यक्ति अनैतिक असामाजिक और अनुचित मार्ग पर चलकर अच्छा धन एकत्र कर लेते हैं। उनके भीतर की मानवीय प्रवृत्तियां धीरे-धीरे लुप्त होती जाती है। अधिकतर ऐसे व्यक्तियों द्वारा उपार्जित राशि का वृहत भाग अनेक कुष्कर्गों में अपव्यय हो जाता है। उनके परिवार तथा समाज के अन्य सदस्यों पर इसका कैसा प्रभाव पड़ रहा है इसकी ओर उनका ध्यान नहीं जाता है।

वैसे व्यक्ति अपने दुष्कर्मों के दीर्घकालीन प्रभावों से अनभिज्ञ रह जाते हैं। व्यक्ति जिस घर में रहता है यदि उस घर में अथवा उसके आस-पड़ोस में गन्दगी का प्रकोप हो, नाना प्रकार के रोगों के कीटाणुओं तथा जीवाणुओं की उत्पत्ति होती रहे, तो

अनेक प्रयत्नों के उपरांत भी व्यक्ति का किसी न किसी रोग से पीड़ित हो जाना स्वाभाविक है। पर इस छोटे उदाहरण को व्यक्ति अपने व्यक्तिगत तथा सामाजिक जीवन के साथ मिलाकर नहीं देखता है। उसके इन सभी दुष्कर्मों का परिणाम मात्र उसी तक सीमित नहीं रहता है, अपितु उसके अपने बाल-बच्चों के अतिरिक्त पास-पड़ोस के अन्य परिवारों पर भी पड़ता है। इससे अनेक सामाजिक समस्याएं उत्पन्न होती हैं। जिनसे वह व्यक्ति भी प्रत्यक्ष अथवा परोक्ष रूप से प्रभावित होता है। धन उपार्जन तो व्यक्ति के लिए सबसे महत्त्वपूर्ण वस्तु है पर इसका उपार्जन उचित मार्ग, उचित श्रम से यदि किया जाए तो व्यक्ति, समाज, राष्ट्र सबके लिए हितकारी होगा। धन उपार्जन के मार्ग का चयन देश, काल एवं निमित्त के अनुसार करना उचित है। आज मनुष्य के मस्तिष्क में इस विषय से संबंधित जो भ्रांतियां उत्पन्न हो गई हैं उनसे निकलकर यदि व्यक्ति सोचे तो उसे स्पष्ट दिखाई देगा कि धनोपार्जन के अनेक ऐसे मार्ग हैं, जिन मार्गों पर चलकर अत्यधिक धनोपार्जन किया जा सकता है, और ये मार्ग व्यक्ति, समाज और राष्ट्र सबके लिए हितकारी है।

जीवन में धनोपार्जन का जितना महत्त्व है उससे कम महत्त्व धन के व्यय करने का नहीं है। धन का उपार्जन ही उसके व्यय के लिए किया जाता है। व्यय, व्यक्ति अपनी आवश्यकताओं के तदरूप करता है। यदि कठिन श्रम से उपार्जित धन का उचित कार्य के लिए व्यय न हो तो इससे अच्छा था कि उसका उपार्जन ही नहीं किया जाता। क्योंकि अपव्यय किया गया धन व्यक्ति समाज और राष्ट्र सबके लिए अहितकारी हो जाता है। व्यक्ति के जीवन में सुख के स्थान पर उसे दुःख ही मिलता है। जिस धन का सदुपयोग कर ऐहिक सुखों की प्राप्ति की जा सकती है, समाज, देश और मानवता की सेवा की जा सकती है उसी धन के दुरुपयोग से व्यक्ति, समाज और राष्ट्र के साथ-साथ सम्पूर्ण मानवता का नाश संभव है। यह जहां शिव का कल्याणकारी रूप है वहीं रुद्र का विनाशकारी भी। इसकी महान शक्ति को हम जिधर घुमा दें जैसा बना दें और इससे जो कुछ प्राप्त करना चाहें प्राप्त कर सकते हैं। आप के घर में लगे विद्युत की शक्ति की भांति ही यह भी अनेक उपयोग में लाया जा सकता है। जिस प्रकार विद्युत के तारों से स्पर्श होते ही व्यक्ति की मृत्यु हो सकती है उसी प्रकार इसके दुरुपयोग से व्यक्ति ही नहीं सारे परिवार, समाज, राष्ट्र और मानवता का विनाश हो सकता है। इसी में सहस्त्रों सहस्र परमाणु बमों की शक्ति है। और इसी में संजीवनी शक्ति भी। यह तो व्यक्ति के विवेक पर निर्भर करता है कि वह धन के किस शक्ति का कितना उपयोग कर पाता है। जहां यह आपके जीवन को सुख-सुविधा, ख्याति, प्रतिष्ठा और उन्नति से भर सकता है वहीं इसके दुरूपयोग से व्यक्ति विनाश के गर्त में भी जा सकता है।

हमारी आज की सभ्यता ने मनुष्य के हाथ में इस प्रभावशाली अस्त्र को देकर उससे ऐसी अपेक्षा की है कि व्यक्ति इसका सदुपयोग कर सुख तथा आनन्द प्राप्त करेगा, अनेक व्याधियों से अपने को मुक्त कर पाएगा। परन्तु यह सब तो तभी संभव है जब व्यक्ति इसके व्यय के संबंध में विवेकपूर्ण निर्णय ले। अन्यथा वह निश्चय ही सर्वनाश कर लेगा। रुपये से वह रोटी भी खरीद सकता है और विष भी। दोनों ही बाज़ार में उपलब्ध है। और व्यक्ति के हाथ में रुपया भी है, स्थिति यही है। अब निर्णय आपको लेना है कि आप अपने रुपये का कैसे उपयोग करेंगे? यदि आपका निर्णय अविवेकी हो गया तो विनाश को टालना असंभव है, और निर्णय विवेकपूर्ण है तो जीवन में सुख ही सुख है।

●●●